共和国故事

劳动革命

——全国劳动用工制度改革初见成效

曾 勋 编写

吉林出版集团股份有限公司

图书在版编目（CIP）数据

劳动革命：全国劳动用工制度改革初见成效/曾勋编. —
长春：吉林出版集团股份有限公司，2009.12
（共和国故事）
ISBN 978-7-5463-1791-5

Ⅰ.①劳… Ⅱ.①曾… Ⅲ.①纪实文学－中国－当代 Ⅳ.①I25

中国版本图书馆 CIP 数据核字（2009）第 236774 号

劳动革命——全国劳动用工制度改革初见成效

LAODONG GEMING　　QUANGUO LAODONG YONGGONG ZHIDU GAIGE CHUJIAN CHENGXIAO

编写　曾勋

责任编辑　祖航　李娇　王贝尔

出版发行　吉林出版集团股份有限公司

印刷　三河市嵩川印刷有限公司

版次	2010 年 1 月第 1 版	2022 年 1 月第 9 次印刷
开本	710mm×1000mm　1/16	印张　8　字数　69 千
书号	ISBN 978-7-5463-1791-5	定价　29.80 元

社址　吉林省长春市福祉大路 5788 号

电话　0431－81629968

电子邮箱　tuzi8818@126.com

版权所有　翻印必究

如有印装质量问题，请寄本社退换

前　　言

自1949年10月1日中华人民共和国成立至今，新中国已走过了60年的风雨历程。历史是一面镜子，我们可以从多视角、多侧面对其进行解读。然而有一点是可以肯定的，那就是，半个多世纪以来，在中国共产党的领导下，中国的政治、经济、军事、外交、文化、教育、科技、社会、民生等领域，都发生了深刻的变化，中国人民站起来了，中华民族已屹立于世界民族之林。

60年是短暂的，但这60年带给中国的却是极不平凡的。60年的神州大地经历了沧桑巨变。从开国大典到60年国庆盛典，从经济战线上的三大战役到经济总量居世界第三位，从对农业、手工业、资本主义工商业的三大改造到社会主义市场经济体制的基本确立，从宜将剩勇追穷寇到建立了强大的国防军，从废除一切不平等条约到独立自主的和平外交政策，从"双百"方针到体制改革后的文化事业欣欣向荣，从扫除文盲到实施科教兴国战略建设新型国家，从翻身解放到实现小康社会，凡此种种，中国人民在每个领域无不留下发展的足迹，写就不朽的诗篇。

60年的时间在历史的长河中可谓沧海一粟。其间究竟发生了些什么，怎样发生的，过程怎样，结果如何，却非人人都清楚知道的。对此，亲身经历者或可鲜活如昨，但对后来者来说却可能只是一个概念,对某段历史的记忆影像或不存在,或是模糊的。基于此,为了让年轻人,特别是青少年永远铭记共和国这段不朽的历史,我们推出了这套《共和国故事》。

《共和国故事》虽为故事,但却与戏说无关,我们不过是想借助通俗、富于感染力的文字记录这段历史。在丛书的谋篇布局上,我们尽量选取各个时代具有代表性或深具普遍意义的若干事件加以叙述,使其能反映共和国发展的全景和脉络。为了使题目的设置不至于因大而空,我们着眼于每一重大历史事件的缘起、过程、结局、时间、地点、人物等,抓住点滴和些许小事,力求通透。

历史是复杂的,事态的发展因素也是多方面的。由于叙述者的视角、文化构成不同,对事件的认知或有不足,但这不会影响我们对整个历史事件的判断和思考,至于它能否清晰地表达出我们编辑这套书的本意,那只能交给读者去评判了。

这套丛书可谓是一部书写红色记忆的读物,它对于了解共和国的历史、中国共产党的英明领导和中国人民的伟大实践都是不可或缺的。同时,这套丛书又是一套普及性读物,既针对重点阅读人群,也适宜在全民中推广。相信它必将在我国开展的全民阅读活动中发挥大的作用,成为装备中小学图书馆、农家书屋、社区书屋、机关及企事业单位职工图书室、连队图书室等的重点选择对象。

编　者
2010年1月

目录

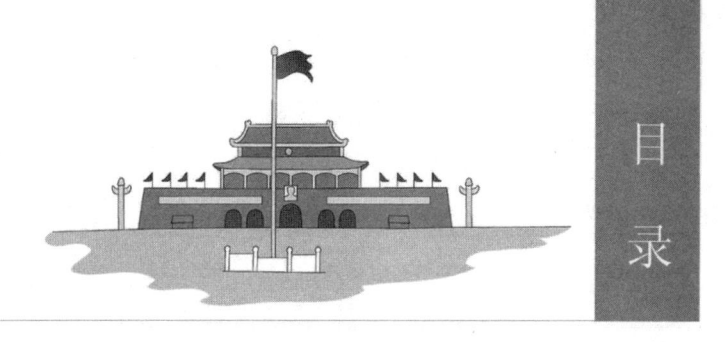

一、试点探索

人大代表对就业问题提出建议/002

薛暮桥就就业问题发表谈话/006

劳动就业会议提出用工改革方针/013

中央决定发展劳动密集型行业/017

国务院转发毕业生分配问题报告/021

中央决定进行用工制度改革试点/024

二、逐步推行

劳动人事部召开试行劳动合同制座谈会/030

正式发布试行劳动合同制通知/033

人大会议确定劳动人事制度改革目标/039

全国部分行业逐步实行劳动合同制/043

河南省全面推行劳动合同制/046

上海国营企业推行劳动合同制/051

大部分青年赞成劳动合同制/058

三、健全制度

赵东宛强调要面向社会公开招工/062

国务院公布四项劳动制度改革规定/065

目录

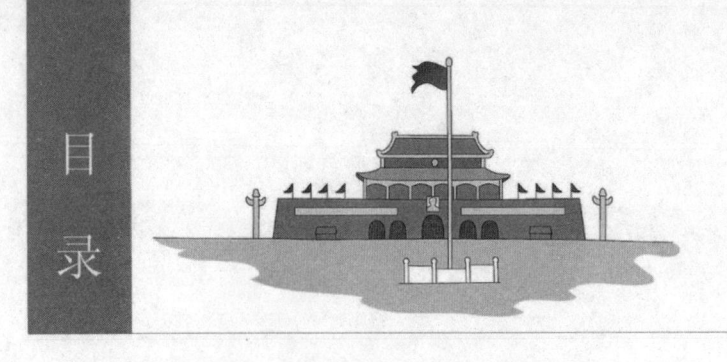

工人盛赞劳动合同制暂行规定/068

用工制度配套改革同步进行/072

各地贯彻待业保险暂行规定/077

四、深化改革

广东劳动工资制度改革见成效/084

湖南河北积极推行劳动合同制/087

建筑行业深化用工制度改革/092

北京实行优化组合双向选择/095

辽宁省创造能进能出的新机制/103

全国各地陆续推行全员合同制/109

全员劳动合同制改革初见成效/114

一、试点探索

● 一位人大代表指出："当前和今后一个相当长的时期，就业的主要出路是集体所有制企业。"

● 薛暮桥说："我国是有九亿七千万人的大国，人口多，底子薄，怎样解决劳动就业，是一项十分艰巨的工作。"

● 薛暮桥强调指出："现在待业青年都由劳动部门统一分配工作，这个制度已经无法维持下去了。"

人大代表对就业问题提出建议

1979年7月2日,五届人大二次会议在北京隆重举行。

出席这次会议的代表们对华国锋提出的在调整国民经济第一年,安排700万人就业的问题,积极地提出了许多建议。

一位人大代表指出:

当前和今后一个相当长的时期,就业的主要出路是集体所有制企业。集体所有制企业容纳的人员多,而不需要国家多少投资,不需要增加工资支出,在经营管理上自负盈亏,不吃"大锅饭",产品或服务项目一般也容易对路,所以发展起来比较容易。

代表们说,最近几年,不少城市百分之七八十的待业人员是靠集体所有制企业安排就业的。

江苏省代表、时任常州市委书记何冰皓说,1978年常州市靠集体所有制企业安排了3万人就业。现在,全市待业人员基本上都得到了安排。

一些来自东北的人大代表反映,他们路过沈阳时发现，沈阳车站出现了新气象，旅客们再也不为携带的行李多而发愁了。

当年 1 月，沈阳车站成立了一支由 400 多名知识青年组成的服务队，专门为旅客搬运行李、托运打包、出售热茶冷食，很受旅客们的欢迎。这支服务队自负盈亏，没花国家一分钱，5 个月就积累资金 5 万多元，平均每个服务人员每月收入四五十元左右，相当于一个二级工的工资。

有的人大代表说，办这样的好事，好多车站都需要，可是，有的火车站竟惊动了五六个部门，几经协商，仍迟迟不能解决。

代表们认为，各级领导干部，应当把解决就业问题，看作是贯彻"八字方针"的一项重要内容，需要"点头"时，热情支持；需要解决困难时，出把力气。

对于城市就业的安排问题，代表们比较倾向于大力发展商业、服务等行业。

人大代表、时任国家劳动总局局长康永和说，不久前，他们对城市各行各业职工的构成进行了调查。

据北京、广州、齐齐哈尔等 10 个城市的统计，工业职工由 1957 年占职工总数的 44%，上升到 1977 年的 56%；在同一时期，商业、服务业职工占职工总数的比例，却由 14.5% 下降到 9.5%。这个变化，实际上是国民经济不协调的反映。由于商业、服务业人员和商店、服务网点少，跟不上城市发展的需要，给人民生活带来了很多不便。所以，大中城市的商业、服务行业，劳动就业门路广阔，在这些部门多安排一些人员，会特别受欢迎。

当时，北京市只用两个月时间，就组织4万名待业青年参加了1200多个生产服务合作社或小组。其中有400多个小组分散在家里加工或生产，既不需要厂房，又可照料家务，从业人员很满意。

有些人大代表反映，小城镇和大城市不同，商业、服务业容纳不了多少人。解决就业问题，要从本地的实际情况出发，不能搞"一刀切"。

人大代表、时任延边朝鲜族自治州州委书记赵南起说：

> 我们延吉市是只有十万人口的小城市，待业人员就有一万人，市内根本没有条件安排这么多人就业。而我们地区森林资源很丰富，完全可以把大批待业青年安置去搞林业。因此，除了在城镇安排就业以外，还要注意面向农村，办好农场、林场、牧场、渔场和副食品生产基地，发展农工商联合企业。

许多人大代表赞同赵南起代表的意见：安排就业眼界就是要开阔一点儿，不能只盯着城市这一头。代表们强调指出，我国许多城市的人口已经到了饱和状态，再要大量安排就业困难很大。对比之下，在农村这个广阔的天地里，是可以开拓出很多就业门路的。

许多人大代表认为，当前就业存在的问题，主要是在前 10 年破坏造成的。这两年，党和国家下了很大气力解决这个问题，光是当年计划安排就业的人数，就超过了新中国成立后头 9 年安置就业总人数的近一倍。这在我国历史上是没有过的。

代表们还指出，应该看到，我国经济落后，人口众多，彻底解决劳动就业问题，还是一项长期的艰巨的任务。

代表们表示，要向所在地区的群众说明当前国家的困难，希望待业青年能够从大局出发，服从国家安排，哪里需要就到哪里去，不论走上哪个为人民服务的劳动岗位，都要为实现"四化"发出光和热。

薛暮桥就就业问题发表谈话

1979年7月18日,时任国家计委顾问、计委经济研究所所长薛暮桥就城镇劳动就业问题向记者发表谈话。

薛暮桥说:

我国是有九亿七千万人的大国,人口多,底子薄,怎样解决劳动就业,是一项十分艰巨的工作。因为种种原因,主要是生产发展不快,今年待分配的劳动力就有七百多万人。这个问题不解决,全国的安定团结会受到相当大的影响。

今年,有些地方试图解决就业问题,办法之一是号召未达到退休年龄的职工提早退休,允许子女顶替。结果许多有熟练技术的老职工退休了,换上一批不懂技术的青年,其中许多人原来在学校上学,有的是在农村劳动,真正的城市待业青年就业不多。许多老职工退休后,又被其他单位招收去了。职工人数增加了,待业人数没有显著减少。

薛暮桥指出,过去劳动工资制度管得太死,职工就业都要由劳动部门统一分配。企业没有用人的自主权，职工没有选择职业的权利。这个问题不解决，"各尽所能"就会变成一句空话。更加严重的是，国家必须严格控制新增职工总数，待分配的青年比国家招工指标多好几倍。国家既不能对待业青年每人发一个"铁饭碗"，又不准他们自己用一定的集体方式组织起来，从事社会迫切需要的劳动，待业人员就越积越多。

薛暮桥谈到，我国解决劳动就业问题不是没有经验的。全国刚解放时，城市中失业者有三四百万人，同当时公私企业职工总数大体相等。我们采取两条办法，一是"生产自救"，要他们自找门路，国家帮助他们解决生产中的困难；二是"以工代赈"，国家用低工资举办一些公共事业。在一两年时间内，把这个问题基本上解决了。在第一个五年计划时期，我们实际上仍然受到失业的威胁，解决办法是"三个人的饭五个人吃"，低工资，多就业。实行的结果，是"三个人的活五个人干"，工厂中劳动生产率低，机关中工作效率更低。现在，已经到了需要改革的时候了。

早在20世纪50年代初期，待业人员可以自找门路。各行业公私合营以后，特别是公私合营商业上升为国营商业，手工业合作社上升为合作工厂以后，全部职工完全由劳动部门管起来，统一分配。

对此，薛暮桥指出，原来的手工业者和小商贩网点多，生产和经营的花色品种齐全。现在是网点大大减少，花色品种不全,许多种别有风味的土特产消失了。过去北京的东安市场(后改为东风市场)商店林立,各有特长;现在的东风市场统一经营,变成第二个百货大楼,特长没有了。

薛暮桥回顾过去说:

1956年党的八大第一次会议上陈云同志有个发言,建议公私合营商店和合作社不要合并太多,要保存产品的多样性和经营的灵活性。但是,1958年以后把自负盈亏的公私合营商店和手工业合作社几乎一扫而光。许多种土特产品长期缺货,无人生产,无人经营,服务性行业大大减少了。一方面大量的社会迫切需要的工作没有人干;另一方面又有大量的劳动者找不到适当的工作。不是没活干,而是要等国家统一分配,而城市全民所有制企业的容纳量又有限。这样,待业青年越积越多。

薛暮桥同时指出,华国锋同志在五届人大二次会议上所作的政府工作报告中提出,要用3年时间进行国民经济的调整、改革、整顿、提高,并提出当前发展国民经济的十项工作,其中第九项工作就提到劳动就业是当前一个突出问题。劳动就业是应当当作一个重要问题来抓。不解决这个问题,不但浪费大量的劳动力,也影响安定团结。而且，现在不下决心找寻办法解决这个问题，将来的负担会越来越重。

薛暮桥认为，在国民经济现代化进程中，我们要提高工人的劳动生产率，现有企业的劳动力一定会大大富余。现在许多机关机构臃肿，人浮于事，提高工作效率，也需要实行精简。农业现有3亿劳动力，如果实现了机械化，只需要几千万人，其余的人除向生产的深度和广度进军以外，也要另找出路。这些问题我们必须预先看到，预作筹划。现在我们的城市养不了这样多的人，农民自己生活还有困难，农村能容纳的人也很有限。解决劳动就业问题的根本办法还是发展生产，广开就业门路。要广开就业门路，重要的一条是要改变劳动管理制度。

薛暮桥强调指出：

> 现在待业青年都由劳动部门统一分配工作，这个制度已经无法维持下去了。国家给每人发一个"铁饭碗"，不但"碗少僧多"，而且领到"铁饭碗"后，就只能进不能出，只能升不能降。在现代化过程中，提高劳动生产率与安排劳动就业发生矛盾。企业实行经济核算，要精简一批多余的和工作不称职的职工，交给劳动部门去另行安排。劳动部门为着安排待业青年，要求企业把自己职工的子女包下来。双方都有困难。为着解决自己的困难，都把困难推给对

方。为着实现现代化，前一种要求是合理的，后一种要求是不合理的。劳动部门必须另想办法。办法只有一个，包不了的事情不要包办，准许待业青年用一定方式自己组织生产，我们不但不应下禁令，而且应当加以帮助，加以组织领导。

薛暮桥还说：过去有些人把它当作"资本主义漏洞"，堵不胜堵。现在需要把"漏洞"改成大门，发展集体所有制企业。宪法规定允许"从事法律许可范围内的，不剥削他人的个体劳动"，这一条也应当实行。这样做，城市就业问题是不难解决的。

薛暮桥最后强调：

只要把住一个关，只准自食其力，不准剥削雇佣劳动，是决不会产生新的剥削分子的。

薛暮桥的讲话表明，中央已经开始把劳动用工制度的改革提上了议事议程。当时，有的企事业率先开始了劳动制度改革的探索。

发展科学技术，采用新的技术成果，会不会影响劳动力的就业安排？重庆市科委通过调查研究，对这个问题作出了明确的回答：不会。

1979年以来，重庆市有的部门提出，现在待业人员这么多，推广新技术成果不必那么着急，自动化建设应当停一停，有的人甚至要让当时正在建设的自动线下马。

重庆市科委针对这个问题，对全市10个工厂，30多条自动线、联动线进行了调查。大量事实说明，采用新的技术成果，改善了劳动条件，使企业成倍地提高了劳动生产率，降低了成本，提高了质量，增加了盈利，同时为劳动就业开辟了途径。

重庆氮肥厂合成氨造气工段建成生产自动线以后，生产工人由280人减少到156人，年产合成氨由5000吨提高到1.2万吨。他们把节余下来的生产工人，除一部分加强仪表、电工、机修以外，其余的用于新建一座甲胺车间，还招收了67名新工人。

重庆红岩玻璃厂、曙光电镀厂、綦江齿轮厂、重庆牙膏厂4个工厂，建成生产自动线以后，共节省劳动力146人，但由于工效、产量成倍提高，相应增加了原材料供应和产品运输等前后工序的劳动任务，把节余的劳力全部投入这些工序以后，仍不能满足需要，还要增加职工116人。

一些建成自动线的工厂，把一部分原来直接参加生产的技术力量抽出来，研制新产品，加速老产品的升级换代，有利于企业不断向生产的深度和广度进军。

重庆干电池厂建成自动线、联动线以后，集中了一部分科技人员，研制成功一种能量大、用途广、能多次充电的碱性高能电池，当时已进行小批量生产，因而增加职工 28 人。

重庆氮肥厂合成氨造气工段实现生产自动化以后，抽出技术骨干进行尿素生产自动化的设计，以进一步提高生产能力，扩大生产规模，再安置一部分人就业。

采用新的科学技术，产品质量有了保证，销路广了，生产规模也要相应扩大，劳动力的需求量也随之增加。重庆钟表厂原来只有职工 300 多人，后来，经过不断改进技术，实现了手表零件加工自动化和半自动化，生产规模有了很大发展，职工人数迅速增加到 2600 名。

重庆蓄电池厂建成蓄电池的基本材料——铅粉生产联动线以后，蓄电池的产量成倍增长，劳动力需要大量增加。当时除大集体的 400 名工人外，还计划招收 150 名新工人。

用新技术武装工业，质量有保证，产量大增加，扩大了企业外的运输量、包装量等，给街道居民就业开辟了门路。重庆塑料五厂建成泡沫塑料凉鞋生产自动线以后，产量由 61 万双增加到 122 万双，仅包装纸盒一项，就可以使相当一部分劳动力在街道工厂就业。

科学技术促进生产发展，为国家创造了更多的财富，这就为解决劳动就业提供了可靠的物质基础。重庆氮肥厂、红岩玻璃厂等 10 个工厂，建成自动线以后，年上缴利润由 381 万元猛增至 1431 万元。如果利用增加的利润来发展人民生活迫切需要的轻工业和手工业，每年就可以解决 1000 人的就业问题。

劳动就业会议提出用工改革方针

1980年8月2日，全国劳动就业工作会议在北京召开，出席会议的有全国28个省、市、自治区和中央有关部门的负责人，各省、市、自治区的劳动、知青工作部门及部分市、县的负责人共300多人。

会议由国务院副总理万里主持。

这次会议提出了解决劳动就业问题的根本途径。会议还谈到：在解决劳动就业问题上，要解放思想，放宽政策，用正确的政策，充分发展国民经济，广开生产门路、就业门路、就学门路，打破劳动力全部由国家包下来的老框框，实行在国家统筹规划和指导下，劳动部门介绍就业、自愿组织起来就业和自谋职业相结合的方针。

中华人民共和国成立30年来，随着国民经济的发展，劳动就业工作也取得了很大成绩。这对于社会主义建设的发展和人民生活水平的提高，起了重大作用。

1978年以后，全国安排了约2000万待业人员，仅当年一年就业人数就有900多万，成绩显著。

在这次会议上，大家回顾了上述情况后认为，我们的劳动就业工作还存在着许多需要解决的问题。首先是在生产关系上，多年来不适当地强调集体经济向国营经济过渡，小集体向大集体过渡，压制乃至取消个体经济。

同时，实行高度集中统一的计划经济体制，在劳动制度上，对所有城镇劳动力采取了由国家包下来统一分配的办法，而实际上又包不起来，统不了。

由于这些原因，再加上劳动计划与整个国民经济计划脱节，教育制度与劳动制度脱节，造成了年年有大批需要就业的人等着国家分配，相当大量的生产和服务事业无人从事，许多单位人员过剩，机构臃肿，劳动生产率无法提高。

全国劳动就业工作会议指出：

> 要从根本上扭转上述状况，必须对我国经济体制包括劳动体制进行全面改革，并且有步骤地改革现行教育制度。要根据国家的总体规划，在控制大城市人口的前提下，逐步做到允许城镇劳动力在一定范围内流动；要逐步推行公开招工、择优录用的办法；要使企业有可能根据生产的需要增加或减少劳动力，劳动者也有可能把国家需要和个人的专长、志向结合起来，选择工作岗位。

在当时，一些地区的代表在会上介绍的经验也证明，只要思想对头，政策对头，办法对头，就业问题是可以解决的。

会议强调：

在解决今后几年劳动就业问题时，要大力发展自负盈亏的集体所有制经济，适当发展不剥削他人的个体经济，发展服务业、建筑业和劳动密集型产品。

主要的就业门路有：

一、大力扶持兴办各种类型的自筹资金、自负盈亏的合作社和合作小组。

二、有条件的全民所有制单位应当积极支持待业青年办独立核算的合作社。

三、在城镇郊区发展以知识青年为主的集体所有制场（厂）、队或农工商联合企业。

四、鼓励和扶持个体经济适当发展，一切守法的个体劳动者，应当受到社会的尊重。

五、某些行业或工种可以根据实际情况，改革用工制度和工时制度，例如，在纺织行业中实行的"四班三运转"每天工作 6 小时的制度。

六、改革中等教育制度，发展职业技术教育，逐步把一部分普通中学改为职业学校。同时，要广开学路，吸收待业青年参加各种职业技术学习。

七、建立劳动服务公司，担负介绍就业，输送临时工，组织生产、服务，进行职业教育等项任务，并使其逐步发展成为社会上调节劳动力的一种组织形式，起到吞吐劳动力的作用。

万里在会议总结发言时指出：

我国地域辽阔，各地条件差异很大。在贯彻执行中央的方针政策时，对于劳动就业工作中的具体问题要具体解决，不能强求一律。只要是有利于安定团结，有利于"四化"建设的就业门路，就要大胆地开辟。

这次会议，总结了中国劳动制度的改革，提出了新的目标，对即将开始的用工改革提出了明确目标。

中央决定发展劳动密集型行业

1980年8月13日,《人民日报》发表题为《解决劳动就业问题的根本途径》的评论文章,文章指出,要改善所有制结构,扩大就业门路。

文章说:

当前,解决城镇劳动就业问题的根本途径是解放思想,放宽政策,发展生产,广开就业门路,实行在政府统筹规划和指导下,劳动部门介绍就业、自愿组织起来就业和自谋职业相结合的方针。在这个方针指导下,要大力发展自负盈亏的集体所有制经济,适当发展不剥削他人的个体经济。全民所有制和集体所有制是社会主义所有制的两种基本形式。

在当时,许多地区发展了一些待业青年自愿组合、自筹资金举办的集体所有制企业。这是在党和政府支持下,劳动群众自己创造的一种合作经济组织。举办这种合作社和合作小组,对于改善所有制结构,活跃经济,扩大就业门路,满足人民多方面的需要,都有重要意义,应当大力提倡。

不少城市的全民所有制单位和远离城镇的大、中企业，利用自己的条件，积极扶持兴办集体企业，解决职工子女就业问题，起到了积极作用。

文章同时指出：

> 我们既要讲需要，讲条件，也要讲效果，不能硬压任务，搞"包干就业"；同时要防止无偿占有国家设备、物资，不能一切依赖国营企业；也要防止国营企业对这种集体企业的干涉。解决就业问题，"条条"与"块块"要主动协商，互相配合，同心协力，把这件事情做好。

文章最后指出：解决劳动就业问题，要坚持实事求是，从实际出发，把中央的方针、政策和本部门、本地区的实际情况紧密结合起来。我国地域辽阔，各地条件差异很大，即使一省一地之内，情况也不尽相同，而且劳动就业问题涉及的面很广，政策性很强，情况也相当复杂。在解决这些问题时，一定要因地制宜，具体情况具体分析，具体问题具体解决，不能强求一律。

在当时，为了扩大就业，中央鼓励发展劳动密集型行业。劳动密集行业是和资金密集行业相比较而言的。当时，美国、日本、英、法、西德等高度工业化国家，资本的密集程度很高。中国从那些国家积极引进一些先进技术是必要的。提倡发展劳动密集行业的生产和出口，并不等于否定适当发展资金有机构成高、技术上非常先进的行业和企业，而是为了从实际出发，更好地促进工业的现代化。发展劳动密集行业的生产和出口，对加速我国现代化建设极其有利。

当时有人认为，提倡发展劳动密集行业，实际上就是提倡发展手工业。也有人认为，提倡发展劳动密集行业，实际上也就是实行"三个人的活五个人干"，用降低劳动生产率的办法来解决劳动就业问题。这是一种误解。

对此，《人民日报》发表文章指出：

> 我们是有条件地提倡发展劳动密集行业，而不是盲目地要求费工越多越好。凡是可以在"精工细作"上下功夫的，应该提倡密集劳动。
> ……对发展劳动密集行业和发展资金密集行业的关系要有一个全面的看法。在现阶段，我们提倡发展劳动密集行业；从长远来看，随着现代化建设的开展，我国工业生产的有机构成必将逐步提高。从一定意义上说，努力发展劳动密集行业的生产和出口，以较少的投资安排较多的劳动力，为国家加速资金和外汇积累，正是为了加强技术引进的能力，更好地促进资金密集行业的发展。因此，把两者对立起来，显然是片面的、错误的。

在政府的鼓励下，很多地区开始劳动用工制度的改革，收到了很好的效果。

40多万人口的常州市，通过发展生产成功解决了就业问题。全市就业人口已达到24.38万多人，占整个城市人口的67%，大大高于全国大中城市的就业水平。

更使人鼓舞的是，这个城市工业生产和各项事业的发展所提供的就业岗位，超过了劳动力的增长数，因此已感到劳动力紧张和不足。据初步测算，1980年常州市各系统共需增加劳动力近万人，而可供使用的劳动力资源仅有8000人左右。

常州市委能够成功地解决就业问题，其主要原因是以工业生产为中心的各项事业发展较快。同时，他们还较早地注意动员各方面的力量发展集体所有制企业。

由于工业生产的发展，城市建设、交通运输、商业服务、文教卫生和公用设施等各项事业也蓬勃发展起来，为广泛吸收劳动力打开了更多的门路。

常州市在发展生产的同时，较早地注意了控制城市人口。首先是控制人口自然增长率。1965年，这里的人口自然增长率已降到千分之十五点七；1978年已降到千分之五，低于全国平均水平。这就减轻了就业的压力。其次是控制郊区农业人口流入城市，积极帮助郊区社队办企业，尽量就地吸收多余的农业劳动力。

国务院转发毕业生分配问题报告

1981年9月19日，国务院转发了国家计委、教育部、国家人事局、国务院科技干部局《关于1981年度毕业研究生和大专毕业生分配问题的报告》（以下简称《报告》），要求各地、各部门加强领导，做好应届毕业生的分配使用工作。

国务院在转发这个《报告》时指出，毕业研究生和大专毕业生是国家建设的重要力量。做好人才的分配使用工作，对促进国民经济调整和现代化建设有着重要的意义。各部门和各省、市、自治区要加强对这一工作的领导。各主管单位和各高等院校，要做好应届毕业生的思想教育工作。

国务院强调：

> 对今年大专毕业生的分配使用，要着重加强生产第一线。毕业生到达工作岗位后，各单位要关心他们政治上和业务上的进步，使他们得到实际锻炼，继续提高，迅速成长。

1981年度全国共有毕业研究生和大专毕业生29万多人。国家计委、教育部、国家人事局、国务院科技干部局的"报告",要求各部门和省、市、自治区在分配毕业生时,应遵照党的十一届六中全会精神和国民经济调整的方针,统筹安排,合理分配,加强重点,照顾薄弱部门,充实学校师资和厂矿企业的技术力量。对适合任教的毕业生,要优先考虑高等院校师资的需要,逐步充实职工教育、职业学校和中等专业学校的师资。

要重点加强轻纺、能源、交通运输部门和新建部门以及专业人才比较薄弱的部门。对为生产建设服务的应用科研任务和推广新技术成果所需要的人才,应适当安排。对大型工程项目所急需的专业人才,要给以必要的补充。

《报告》提出:

> 对今年大专毕业生的分配使用,要面向基层,加强生产第一线,并注意安排中小企业的需要。过去分配到生产方面的毕业生数量少、质量差的情况,应当改变。

《报告》提出,要根据需要,分配有关专业的毕业生到集体所有制单位和农村去工作,逐步加强集体经济单位的技术力量。要把科学技术和专业知识传授给农民,为促进与发展农业生产贡献力量。对内地学校从边疆、少数民族地区招收的学生和毕业生中的带薪职工、现役军人,一般应分配回原地区或部队系统工作。

《报告》强调了毕业生分配工作要加强领导的重要性。各主管单位要与有关方面密切协作，相互配合，共同做好分配工作。要做好毕业生的思想政治工作，组织他们学习党的十一届六中全会文件，号召毕业生向老一辈无产阶级革命家学习，继承和发扬党的光荣传统，为社会主义建设贡献力量。

同时，要做好毕业生家长的工作，要求各级干部，特别是党的领导干部，动员并支持自己的子女服从国家分配。要严明纪律，制止不正之风。

中央决定进行用工制度改革试点

1981年10月7日，中共中央、国务院在《关于广开门路、搞活经济，解决城镇就业问题的若干决定》（以下简称《决定》）中指出：

努力办好城镇集体所有制经济，大力提倡和指导待业青年组织起来，在集体经济单位就业。从一些地区的实践经验看来，城镇集体所有制经济，在国家统筹规划、指导和支持下，需要遵循自愿组合、自负盈亏、按劳动分配、民主管理等项原则。

所谓自愿组合，就是自愿参加或者联合，不强行安排人，人员能进能出；所谓自负盈亏，就是企业的盈亏由各个企业本身负责，企业的收益分配取决于各自的经营情况，不能搞统负盈亏；所谓按劳分配，就是使劳动者的报酬和企业生产经营好坏、岗位责任制、个人劳动成果紧密结合起来，分配形式可以灵活多样，在兼顾国家、集体和个人利益的原则下，劳动报酬不受国营企业水平的限制，有盈利时，可以从交纳所得税后的利润中提取一定比例用于劳动分红；所谓民主管理，就是在有关的政策法令范围内，对于企业经营和内部事务中的重大问题，全体人员有权经过民主讨论后作出决定。

中央要求各级党委和政府，一定要努力按照上述要求，在近几年内，促使各种形式的集体经济有一个显著的发展。

《决定》指出：

> 逐步改革国营企业的经济体制和劳动制度，有效地提高经营管理水平和经济效果。目前，国营企业的一大弊病就是"大锅饭""铁饭碗"。这不仅不利于调动企业和职工的积极性和主动性，而且"吸引"着许多人千方百计地进入国营企业中去，这种情况，既增加国营经济的负担和压力，又使集体经济和个体经济的发展遭到困难。国营企业必须坚持体制改革的方向，积极而稳妥地解决存在的问题。

《决定》强调：招工用人要坚持实行全面考核，择优录用。要实行合同工、临时工、固定工等多种形式的用工制度，逐步做到人员能进能出。要切实整顿劳动纪律，对于违法乱纪、屡教不改的职工，根据情节轻重，给予处分，直至经过职工代表大会讨论和同级工会同意后予以开除。

《决定》还对就业人员的培训作出了规定：

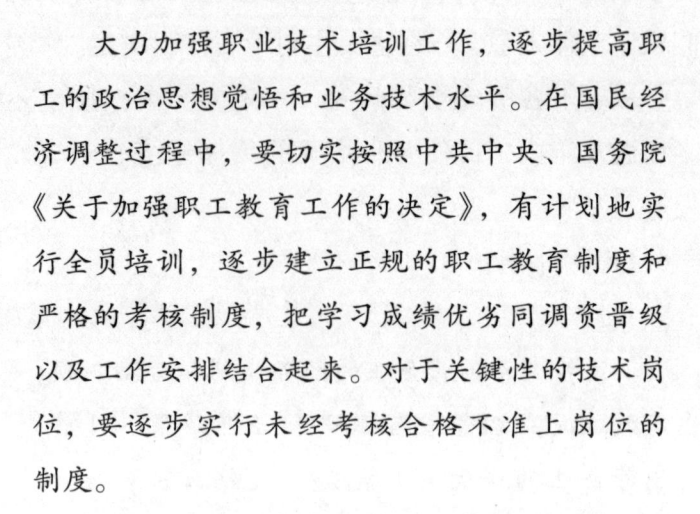

大力加强职业技术培训工作，逐步提高职工的政治思想觉悟和业务技术水平。在国民经济调整过程中，要切实按照中共中央、国务院《关于加强职工教育工作的决定》，有计划地实行全员培训，逐步建立正规的职工教育制度和严格的考核制度，把学习成绩优劣同调资晋级以及工作安排结合起来。对于关键性的技术岗位，要逐步实行未经考核合格不准上岗位的制度。

要普遍开展对城镇待业青年就业前的培训，逐步做到使一切需要进行培训的人员，先经过培训以后再就业。培训内容要适应经济发展和社会生活的需要，既须包括技术业务，也要包括政治思想。对需要特别发展的行业和工种（专业），要及早培养人才。

按照这一指示的精神，全国各地在各级党委和政府的领导下，积极进行改革企业用工制度的试点工作。其中，广东、江苏、上海等地率先进行劳动合同制的试点。

广西南宁市对国营企业的用工制度实行改革，把原来根据国家劳动计划从社会上招收固定工，改为从劳动服务公司择优录用集体所有制的合同工。经过考试，劳动服务公司已录取了1900多名待业青年，并陆续将他们安排到各有关工厂进行培训。

经广西壮族自治区人民政府批准试行的这一新的招工办法，摒弃了原来固定工"铁饭碗"的弊病，使企业有可能按照需要选拔工人。而且能进能出，有利于保持职工队伍的良好政治素质和技术素质，保证企业的生产。

南宁市实行的这项用工制度的改革，受到待业青年的欢迎。

湖北省沙市市改变了多年来单一的固定工制度，试行合同工办法，1982年10月至12月底，已有700多青年到32家国营企事业单位当合同工。

这批合同工，都是市内16岁至25岁的青年，具有初中以上文化程度，自愿报名，全面考核，择优录用，分别分配到全民所有制单位。在经过半年试用期后，即要正式同用工单位签订劳动合同，合同期限三五年，七八年，或者更长一些。合同期满，若用工单位继续需要，可续订合同，也可另择职业。

这项劳动用工制度的改革，得到了社会各方面的支持配合。

党和国家一贯非常重视用工制度的建立和发展，中华人民共和国成立后发布了许多用工制度方面的法律、法规和政策规定。

从中华人民共和国成立到1957年，是我国用工制度的形成时期。在这一时期，国家根据实际情况，实行统包统配，只进不出的用工制度，即对国民党政府遗留下来的公职人员、官僚资本企业的职工和公私合营企业里的职工采取统包办法，对技工学校、中等专业学校的学生，以及复员军人采取由国家统一分配、统一安置的办法。

这种用工制度，对安置大量失业人员，稳定社会秩序，恢复国民经济起到了一定的积极作用。但这种用工制度存在统得过死、包得过多、能进不能出的严重弊端，不仅影响企业提高生产率，也不利于调动劳动者的积极性。为此，1956年劳动部提出改革统包统配的用工办法，建议实行劳动合同制，允许用人单位自主招收职工，并在一定条件下可以辞退职工，也允许职工自由选择职业。

1958年，党和国家根据在实践中摸索的经验，对用工制度进行了改革。主要内容有：逐步缩小统包统配的范围，提倡半工半读，半农半读；对复员军人实行从哪里来回哪里去的原则；对新招工人除了少部分实行固定工制外，大部分实行劳动合同制等等。

20世纪60年代初期，根据刘少奇的指示，我国实行了少用固定工、多用临时工的劳动用工制度。

1964年，又在矿山井下工人中试行定期轮换制度，主要使用农村合同工，实行亦工亦农的用工制度。后来用人单位全部招收固定工，并把原有使用的临时工、合同工转为固定工，我国的用工制度又回到了原来老路上。

20世纪80年代初期，中国正面临着巨大的发展机遇，一场影响深远的改革正蓄势待发。

二、逐步推行

● 座谈会提出："实行劳动合同制，需要工资、保险、福利制度以及其他方面改革的配套。"

● 人大会议特别指出："逐步改革劳动人事制度，做到能进能出、能上能下，择优录用，选贤任能。"

● 东方宾馆的一位临时工说："假如让我选择，我希望是合同工而不是固定工。"

劳动人事部召开试行劳动合同制座谈会

1983年2月1日,劳动人事部在北京召开部分省市试行劳动合同制座谈会。参加这个座谈会的有北京、上海、天津、江苏及广西南宁市、河南安阳市、安徽安庆市等地劳动部门的负责同志。

会议指出,劳动合同制是用工制度上破旧创新的一项重要改革,必须坚决而有秩序地推行这项改革。

会议提供的材料表明,当时全国已有9个省、市、自治区试行了劳动合同制,招用的合同制工人达16万人。上海市从1980年开始试行劳动合同制,当时试行范围已扩展到纺织、轻工、手工、仪表、冶金、邮电、外贸等20个局的近300个企业,人数达1万多人。

广西南宁市从1982年开始,积极改革用工制度,全面推行劳动合同制,除部分人员外,国营企业新增加劳动力都由自治区下达劳动指标,统一招工,招收的工人一律实行合同制。南宁市已经在纺织、建材、化工、粮食、轻工、重工、交通、邮电、铁路、商业等行业的83个单位,招收了三批劳动合同制工人,共6500多人,成为南宁市第一代劳动合同制工人。

南宁市规定,实行劳动合同制的工人要经过考试、培训、试用三个阶段。先由市劳动服务公司根据招工简章，经过考试，择优录用，然后委托用工单位进行技术培训。培训期间每个学员要交学费；用工单位发给每个学员每月生活补助费。培训结束考试合格的，再进入半年至一年的试用期。试用期结束，考试合格，签订合同，成为劳动合同制工人。

实行劳动合同制具有以下的优越性：提高了工人队伍的素质。劳动合同制工人比过去固定工制度中那种先当工人后培训的做法，更有利于鼓励工人学习文化、钻研技术。

人员能进能出，有利于企业的经营管理，也利于调动工人的积极性。合同工和用工单位根据"两厢情愿"的原则签订合同，更能调动工人积极性。南宁市航运分局急需 15 名水手，便在会游泳、懂撑船的船民、渔民待业青年中招收，选用的职工一般都能发挥自己的聪明才智。

北京市决定国营、大集体企业按计划从社会上招工，一般都实行合同制。

座谈会认为，劳动合同制的基本特征，是通过签订劳动合同规定劳动者和用人单位双方的义务与权利，实行责、权、利相结合，把用工合同制同经济责任制结合起来，它是一种新的用工制度，是打破"铁饭碗""大锅饭"的一项重要改革。实行劳动合同制，企业可以根据生产需要选择用人，劳动力可以在一定程度上实行社会调节；个人在一定范围内有选择职业的自由，更有效地调动职工的积极性。

座谈会提出：

> 实行劳动合同制，需要工资、保险、福利制度以及其他方面改革的配套。例如，要实行真正体现各尽所能、按劳分配、多劳多得的工资制度。实行劳动合同制的工人，如果在同等条件下比固定工付出的劳动多、贡献大，他们的工资水平就应当高于固定工。实行劳动合同制的工人，在入党、入团、参加工会以及参加政治学习、技术业务培训等方面，应当与固定工一视同仁。

座谈会认为，要积极研究和制定专门的劳动合同法规，把实行劳动合同制的各项原则，通过总结实践经验，用法律形式肯定下来。

会议要求各试点单位加快改革的步伐，并建议各省、市、自治区能积极抓好一两个市、县改革的试点，及时总结经验，逐步推广。

正式发布试行劳动合同制通知

1983年2月22日，劳动人事部发布《劳动人事部关于积极试行劳动合同制的通知》（以下简称《通知》）。《通知》指出：

当前，全国已有部分省、市、自治区试行劳动合同制，在改革用工制度上迈出了可喜的一步。为了进一步推动这项改革工作，现将试行劳动合同制有关问题的意见通知如下：

一、我国现行的以固定工为主体的用工制度，事实上已成为一种无条件的"终身制"，它同分配上的平均主义结合一体，形成了"铁饭碗""大锅饭"的严重弊病……

二、……劳动合同制的基本特征是，用签订劳动合同的形式，规定劳动者和用人单位的义务与权利，实行责、权、利相结合。把劳动合同制与经济责任制紧密结合起来，不仅有利于企业改善经营管理，提高经济效益，而且对职工个人来说，只要积极劳动，工作就有保障，并能多劳多得。因此，劳动合同制是用工制度方面破旧创新的一项重要改革，应当坚决而有秩序地推行。

三、劳动合同制的适用范围，既包括全民所有制单位，也包括区、县以上集体所有制单位；既包括普通工种，也包括技术工种……

四、招用合同制工人，必须签订劳动合同……

五、……收合同制工人，要坚持德、智、体全面考核，择优录用的原则。合同制工人在企业工作期间，由企业管理；解除合同后，城镇人员由劳动服务公司管理，农村人员回社队安置。

六、试行劳动合同制，需要工资、福利、保险制度以及其他方面改革的配套……

七、改革用工制度，推行劳动合同制是一件大事，须在各地党政强有力的领导和有关部门的密切配合下，才能推开。

《通知》要求加强宣传教育，提高广大干部和群众对试行劳动合同制的重要意义的认识。各级劳动部门的同志要解放思想，勇于创新，积极主动地向领导反映情况，提出建议，在当地党委和政府的领导下，尽心尽责地抓好这项改革。望你们本此通知精神，结合各地区、各部门的情况，抓紧研究和制订试行方案。试行情况和经验，请及时报部。

3月27日，劳动人事部负责人就劳动合同制问题回答提问。

劳动人事部发出《通知》以后，不少省、市、自治区积极准备试点。已试行的地区正在总结经验，探索如何向深度发展。用工制度上的这一重大改革，引起了各方面的关注，并提出了种种问题。

为此，记者访问劳动人事部负责人，请他就推行劳动合同制的一些问题作了解答。

问：什么是劳动合同制？

答：劳动合同制是我们在用工制度方面一项带方向性的重大改革。它要改变原有固定工制度的一套老办法，通过签订劳动合同的形式，规定劳动者和用人单位双方的义务和权利，实行责、权、利相结合。这是把劳动合同制与经济责任制结合起来的一种新型的用工制度。签订劳动合同，必须遵守国家的有关政策、法律和法规，坚持平等互利和协商一致的原则。合同的主要条款一般应包括生产或工作任务、合同期限、试用期限、劳动报酬、劳动保护、保险福利、解除合同的条件、违反合同应负的责任以及双方其他的义务与权利。对实行劳动合同制的工人，为了区别于现有的固定工人，可以叫作合同制工人。招用合同制工人，和过去招收固定工一样，要根据国家下达的劳动计划进行。合同制工人的政治、社会地位和固定工完全一样。

问：为什么实行劳动合同制？

答：这要从我国现行的用工制度谈起。大家知道，现行的以固定工为主体的用工制度，存在着"铁饭碗"的弊病，它与分配上"大锅饭"的弊病结合在一起，就造成了用人上能进不能出，分配上能上不能下，干多干少一个样，技术高低一个样，一线二线一个样等严重问题。它使一些人心安理得地躺在企业和国家身上吃"大锅饭"，不好好生产和工作，自己不劳动或少劳动而占有别人的劳动果实。这在客观上起了打击先进、保护落后的作用。有些人把"铁饭碗""大锅饭"看作是"社会主义的优越性"，这是一种误解。

问：劳动合同制与雇佣劳动有什么区别？

答：社会主义条件下的劳动合同制，与资本主义的雇佣劳动是有本质区别的。决定劳动性质的，是生产资料的占有关系，也就是所有制。资本主义的雇佣劳动，是生产资料为资产阶级私人占有制度的产物。在建立了社会主义公有制经济的我国，消灭了剥削制度，劳动力不再是商品，从而也就铲除了雇佣劳动的根源。资本主义雇佣劳动，是适应资本家榨取工人剩余价值的需要。资本主义雇佣劳动，反映了剥削与被剥削的关系。社会主义的劳动合同制，是用签订劳动合同的形式，规定劳动者与用人单位的双方责、权、利，体现了国家、集体和个人三者利益兼顾的原则，它是符合劳动者的目前利益和根本利益的。

问：合同制工人与临时工有什么不同？

答：合同制工人是在国家劳动计划以内招用的签订劳动合同的正式工人。其适用范围，既包括全民所有制单位，也包括区、县以上集体单位；既包括普通工种，也包括技术工种。

问：对合同制工人的政治、经济待遇有何规定？

答：随着劳动合同制的发展，他们的比重将会逐步增加，成为主要的部分。理所当然，对他们在入团、参加工会以及参加政治学习、技术业务培训等方面，应当与现在的固定工一视同仁。他们的工资、福利和保险待遇，不要照搬固定工吃"大锅饭"的办法，而要从制度上进行相应的改革。

问：如何进一步推行劳动合同制？

答：改革用工制度，推行劳动合同制，必须从实际出发，坚决而有秩序地进行。从全国来看，现在实行劳动合同制还处于试点阶段。但是，从有些单位试点的效果看出，它的优越性是明显的。推行这项制度，开始时由于经验不足，出现这样那样的缺点在所难免，只要方向对头，就应当坚持下去。

这位负责人在采访中说，按照初步设想，大体上的步骤可以是：在一个时期内，以实行新人新制度、老人老制度作为过渡，也就是新招收的人员实行劳动合同制，原有固定职工目前仍执行现行的制度，但对现行制度也要本着打破"大锅饭"的精神，逐步加以改革。经过若干改革步骤，最终达到所有职工都实行劳动合同制。今年内，希望已经试行劳动合同制的地区和单位，适当加快改革的步伐和深度，使各项改革配套，特别是要同时改革工资和福利、保险制度；并建议尚未试行的省、市、自治区选择一两个市、县进行试点，以便摸索经验，由点到面地逐步扩大实施范围。

他同时指出，要在总结经验的基础上，研究制定劳动合同法，用立法来保障劳动合同制的顺利推行。改革用工制度，推行劳动合同制是一件大事，必须在各级党委和政府的统一领导下进行。劳动人事部门要发挥自己应有的作用，做改革的促进派。我们希望各级党委和宣传、理论、新闻单位以及其他有关方面注意做好宣传教育工作。推行劳动合同制有利于国家的兴旺发达，有利于人民的富裕幸福。只要多做工作，讲清道理，广大群众是会拥护和积极参加这项改革的。

人大会议确定劳动人事制度改革目标

1983年6月6日，第六届全国人民代表大会第一次会议在北京举行。

会议讨论了过去5年的发展历程，指出这5年是我国从政治上、经济上克服困难走上健康发展的5年。在这期间，我国取得了很大成就，各个领域都发生了巨大变化。

会议指出：

> 改革财政体制和工资制度、劳动制度。进一步完善利改税的制度，开征一些必要的新税种，合理调整税率，按照税种划分中央收入、地方收入和中央地方共享收入，改进和稳定国家与企业之间、中央与地方之间的分配关系。逐步改革工资制度，贯彻按劳分配原则，克服平均主义，使职工收入同社会经济效益、企业经营好坏和个人的劳动贡献密切联系起来。逐步改革劳动人事制度，做到能进能出、能上能下，择优录用，选贤任能，在国家计划指导下灵活调节劳动力，促进人才的成长和合理使用。

会议同时指出：我们正在和将要进行的各项改革，目的是要克服妨碍社会生产力发展的原有体制中的弊端和缺陷，逐步形成适合我国国情的新的经济体制，建设具有中国特色的社会主义。当然，经过一段时期的集中的全面改革，在新的经济体制建立起来以后，随着生产技术的发展和其他条件的变化，经济体制中这个环节或那个环节的改革，还是要不断进行的。

会议简明扼要地表达了当时我国劳动人事制度改革的目标。目标明确之后，解决方法或手段问题，就具有了决定性的意义。

在这之前，一些地区和单位对劳动制度进行局部性的改革试点，推行劳动合同制，取得了显著的成效，在很大程度上克服了统包统配制度的弊端。

当时，人们对劳动合同制还存在着一些误解，或多或少地把它和以往的临时工、合同工制度相混淆。对此，《人民日报》发表题为《论劳动合同制》的文章，对相关问题进行理清。

文章指出，以往的临时工、合同工制度，就其地位来说，只是一种用工形式，而且临时工、合同工的待遇大都低于固定工、正式工，在保险福利方面也缺乏必要的保障。我们现在开始推行并将得到普遍推广的劳动合同制，则是由我国社会主义劳动法规确认的一项根本性的劳动制度。实行劳动合同制的职工，是用人单位根据国家的劳动力计划，经过德智体全面考核，择优录用的。

劳动合同是用人单位的行政和劳动者个人在自愿协商的基础上签订的关于社会主义劳动关系的协议，它对合同期限、工作任务、职务、试用期限、劳动报酬、劳动时间、休息休假、安全卫生、保险福利，以及变更和解除劳动合同的条件、任何一方不履行劳动合同所承担的经济责任等，作出具体的规定。

文章还说：订立劳动合同双方的法律地位完全平等。实行劳动合同制的职工是国家和企事业单位的名副其实的主人，他们除摆脱了"铁饭碗"、"大锅饭"和"单位所有制"的束缚之外，并没有丧失作为社会主义国家公民的任何一点权利。劳动合同制既区别于以往的临时工、合同工制度，也不同于统包统配的劳动制度，它是一种新型的社会主义劳动制度。尽管我国现在实行劳动合同制的人员还很少，全国只有几十万人，但它已经显示出强大的生命力，因而必将获得广泛的发展。

在试行劳动合同制的过程中，有的人提出质疑：在资本主义社会里，资本家和工人订立劳动合同，是为了加强对工人的剥削和控制；我们社会主义国家可以通过种种物质鼓励和精神鼓励的手段，来调动职工的劳动积极性，何须从资本家那里借用劳动合同制呢？

文章对此指出：

> 其实，劳动合同制首先是社会化大生产的产物……从劳动合同制所体现的经济关系来看，

● 逐步推行

资本主义国家的劳动合同制和社会主义国家的劳动合同制之间存在着性质上的根本区别，前者所体现的是雇主和雇员之间剥削与被剥削的关系，后者所体现的则是劳动者集体和劳动者个人之间平等合作的关系。因为资本主义国家存在着劳动合同制而拒绝采用这种对社会主义国家大有益处的经济管理形式，这是一种十分幼稚的想法和做法。

文章最后说：总之，我们应当积极而稳步地推行劳动合同制，使之成为推动劳动人事制度改革的重要方法。

全国部分行业逐步实行劳动合同制

1984年5月3日,北京市供销社改革用工制度,对新招收的职工实行劳动合同制。实行劳动合同制,使基层供销社在人事管理上有了主动权。

合同规定,合同工必须是具有高中文化程度,年龄在25岁以下的入股社员。招工坚持张榜公布、择优录用的原则。合同工在工种分配上,享有固定工同等待遇。对表现好的合同工可以长期使用,表现不好的可以随时辞退。

过去,供销社的职工由国家统一分配,有些人不安心农村商业工作,给供销工作造成一定困难。改革后,就地招收合同工,他们熟悉家乡生产和生活情况,同时,具有一定的文化水平,熟悉业务快,有利于供销社业务工作的开展。

随着用工制度的改革步伐加快,很多试点地区的单位开始人事制度改革,取得了丰硕的成果。

河北省永年县焦窑煤矿大胆改革,从1980年实行定点轮换用工制度,推动和完善了承包责任制,促进了生产发展。1983年生产原煤30万吨,超设计能力47.6%,被评为全国地方煤矿先进企业之一。

焦窑煤矿是一个经过技术改造,设计能力为年产21万吨的小型煤矿,当时有职工1337人,其中,固定工

276 人，占 20%，其余都是从农村招进的合同工和副业工。1980 年以前，由于这部分职工不能更新，老弱病残人员不断增多，下井的人越来越少，影响了生产的发展。从 1980 年起，该矿开始对合同工和副业工实行轮换制度。多数五年一轮换，离矿时按工龄发给补助费。做到来者高兴，走者满意。

在实行轮换工制度中，焦窑煤矿落实了三条措施。一是保证骨干力量相对稳定，对身强力壮、技术精的骨干和基层领导采取延期轮换。二是抓好进矿轮换工的思想教育和技术培训工作，全矿有 70% 的进矿轮换工一到班组就能顶岗，3 个月就能全部达到熟练程度。三是轮换工在入党入团、参加工会以及各类政治学习上和固定工享有同等待遇。全矿 120 名职工代表中，有 83 名是轮换工，还有 8 名轮换工当了副科长。

焦窑煤矿实行定点轮换制度刚刚 3 年时间，就显示了其巨大的优越性。轮换制保证了采掘第一线常有 900 多名强壮劳力，1983 年全员效率达到相当水平，保证了经济责任制的落实。轮换工原所在社队，一般都离矿区较近，不存在两地分居和家属住房等问题，减少了许多麻烦。轮换制有助于农民致富，轮换工月工资平均在 100 元以上，多的可挣 200 元。

河南安阳等市、县和四川省建筑总公司在建筑、煤炭等行业改革用工制度，用合同工代替固定工。实践证明，这种做法有不少优越性。

固定工制度的弊端，在有些行业十分明显。人员老化，第一线工人逐渐减少，劳动效率低，企业对职工的生老病死，以至职工家属住房、医疗、子女入学、就业等都得管起来，企业变成"小社会"，压在企业身上的包袱越来越重。

实行合同工制，按合同办事，几年一换，可以不断更新劳动力结构，使企业保持活力，减轻了企业的负担，企业可以更好地集中力量搞生产。

推行合同工制度，符合我国国情。它对提高劳动生产率，降低基本建设造价和生产成本将起很大的作用。矿山、建筑、林业、搬运等以劳务为主的行业，今后可逐步减少固定工，录用合同工。矿山的轮换工，3年到5年换一次，逐年分批进行，以保留大部分熟练工人。建筑业则要大量起用民工，实行投标招标。

推行合同工制度，关系到如何充分运用农村几亿农民劳动力的问题，具有深远的意义。它是开辟农村富余劳动力参加建设的重要途径。

随着农村商品生产的发展，我国农民从事种植业的人数越来越少，更多的人要向生产的深度和广度进军。实行合同工制度，就为这些剩余劳动力找到了一条出路。农民可以利用这方面的有利条件，多一条致富的路子。

用工制度的改革是一件细致的工作。各行各业因地制宜，不搞"一刀切"，不搞一个模式。各地在实践过程中不断总结经验，使我国的用工制度得以逐步完善。

河南省全面推行劳动合同制

1984年11月,河南省积极改革用工制度,全面推行合同制,两年来,共招收合同制工人5万多名。

在当时,河南省劳动人事厅改革用工制度,在全省普遍推行劳动合同制和劳动组合制。全省供销系统20多万职工基本上实行了劳动组合。在已经改革用工制度的企业中,经济效益增长,职工的收入增加。

劳动组合的办法是和人事制度改革同步配套进行的,即干部实行选聘制,班组工人自由结合,班组长可以挑选工人,工人也可选择班组。固定工改为合同工的办法是:在实行劳动组合的基础上,由工人与班组长签订合同,班组与车间签订合同,车间与厂里签订合同。

劳动合同制和劳动组合制是劳动力管理制度上的一项重大改革,省劳动人事厅在加强宣传教育的同时,及时采取了相应几条措施。

搞好劳动合同制的同步改革,积极解决合同制和组合制工人的劳动保险、工资待遇等具体问题,同时注意治懒不治老,治滑不治病,保证了病、老职工的基本生活水平不降。工资和奖金允许各企业根据劳动强度、技术高低、贡献大小,自行确定,可以等于或高于固定工。多数单位采取了逐人承包,按劳付酬、工资浮动、百分计奖、超额提成的分配形式。

合同工的政治待遇,规定合同工在入党、入团、升学、参军、提干、参加工会、企业管理、文化技术学习和业务培训方面与固定工有同等权利。

"五公开",即政策公开、招工指标公开、报名公开、考试成绩公开、录取人员公开。凡符合招工条件的城镇待业青年,经德、智、体全面考核,择优录用。

对于解除合同和没被组合上的职工,允许调动、自谋职业或组织起来培训就业。

实行劳动合同制和劳动组合制搞活了劳动制度,促进了人才交流,给企业带来了活力,经济效益显著提高。沈丘县化肥厂改革后的 3 个月完成产值 426 万元,比 1983 年同期增长 50.1%;实现利润 56.54 万元,比 1983 年同期增长 1.1 倍。

在当年,河南省在新招工人中普遍推行这个用工制度。这一新的用工制度采取招工政策公开,指标公开,报名公开,考试成绩公开,录取公开的办法招收新工人。凡年满 17 周岁,符合招工条件的人员,经德、智、体全面考核,择优录用。群众称赞这种招工办法好,治住了"走后门"的人。

这个用工制度调动了工人的生产积极性,提高了企业的劳动生产率和经济效益。劳动合同制工人没有"铁饭碗",有紧迫感。他们把个人的前途同企业的经营好坏挂钩,学习技术的积极性高,不少工人很快成为生产中的骨干。

推行劳动合同制搞活了用工制度,既保证了企业的用工质量,又使工人有选择职业的自由,企业和职工都满意。

平顶山矿务局一矿整顿劳动组织,改革用工制度,实行以煤为主,多种经营,给企业增添了活力,实现了产量、效益、效率和职工个人收入同步增长的新局面。

这个矿集体所有制企业从业人员达3213人,这些人员分别活跃在矿上自负盈亏的劳动服务公司、建筑公司和小煤矿。他们还办起了造纸厂、拔丝厂等9个小厂,开办了商店和饭店,还与外省市挂钩,搞补偿贸易,建起了小煤矿。

河南省劳动人事厅改革用工制度,积极推行劳动合同工制,取得了很好的效果。

其实,早在1982年,河南省劳动人事厅就陆续在安阳市、西华县和平顶山市一部分企业中实行了合同制的试点,同时在建筑、煤炭等行业的一部分企业中有计划地招收合同工人。

河南省推行劳动合同制时,在招工办法、管理制度、保险制度等各方面都进行了相应的改革。招工指标经省劳动人事厅下达后,用人单位通过当地劳动部门公开招工,择优录取。

被录取的工人与用人单位签订合同,确定生产或工作任务、使用年限、工资福利、社会保险、劳动纪律、解除合同的条件、违反合同的责任等内容，实行权、责、利相结合。用工单位按每人每月 10 元向保险公司缴纳保险基金，工人退休后，保险部门负责发给退休养老金。合同制工人的政治待遇同固定工一样。

河南省安阳市、西华县、平顶山市等试点单位，经过两年来的实践，总结出劳动合同制有五大好处：

一、工人能进能出。用人单位可以根据生产、工作需要，选用、升迁、下调或辞退工人；劳动者也可以根据个人的专长、志愿、爱好在一定范围内自由选择职业；社会可以按照国家计划对劳力进行统筹安排，做到人尽其才。

二、工资可升可降。合同制工人在什么岗位，拿什么工资，打破干多干少一个样的"大锅饭"。有的试点单位采用浮动工资、岗位工资制，体现按劳分配、多劳多得的原则。

三、减少了企业负担。由于实行了新的社会保险办法，合同制工人的工资收入和退休金等福利收入一般相当于固定工，而企业在这方面的支出则一般少于固定工。

四、提高了企业的经济效益。合同制工人不端"铁饭碗"，生产积极性高，劳动出勤率高，企业产值、利润明显上升。

五、有利于提高职工队伍的素质。合同制工人可以破格升降和进出，因此他们勤奋好学，上进心强，掌握生产技术快。

到 1985 年 9 月，我国用工制度改革取得成果。到 8 月底为止，全国全民所有制单位招收合同制工人已达到 214 万人。实行劳动合同制，克服了工人能进不能出，"一次分配定终身"的单一固定用工制的弊端。

党的十一届三中全会以来，全国各地区和中央有关部门，改革现行用工制度，积极推行劳动合同制。这种劳动合同制，适合生产需要的各种用工形式。它既有长期的、短期的、轮换的、临时的、季节性的用工，也有以完成某一项工作的时间为限期的用工，还有包括普通工种和技术复杂工种的用工。

上海国营企业推行劳动合同制

从 1984 年 9 月 1 日起,上海国营企业、事业单位从城镇待业人员中招收新工人,不论从事普通工种、熟练工种或技术工种,都一律实行劳动合同制。

上海从 1980 年开始在部分国营企业中试行劳动合同制,至 1984 年,已有合同制工人 4.2 万人。对这些人全部实行新的劳动合同制暂行规定。

上海这次颁发的新规定在合同期限、解除合同条件、合同制工人的工资、保险、福利待遇等方面,都作了妥善的规定。如,新规定提出,招用合同制工人,必须首先签订 1 到 3 年的初期合同。合同期满后,可以签订长期合同,也可以签订短期合同。

新规定还确定,合同制工人在工作期间,工资、奖金、福利待遇、劳动保护以及住房分配等和本单位固定工基本相同,第一年还按月发给合同制工人工作津贴 1 至 3 元,逐年增加,工作期满 5 年后就不再增加了。

对合同制工人待业期间或退休后的生活保障和医疗费用问题,新规定提出用社会保险办法解决,以解除他们的后顾之忧。

到 1986 年 5 月止,上海国营企、事业单位共计招收合同制工人 15 万人。

实行劳动合同制，企业可以根据生产需要和工种特点择优用人，劳动者可以根据自身的条件和意愿选择职业和单位，因而有利于增强企业活力，提高了职工劳动积极性。

上海市从1984年起，所有国营企、事业单位，凡常年性生产、工作需要从社会上招收新工人，普遍实行劳动合同制。实行劳动合同制以后，首先是有利于企业第一线劳动力的稳定，保证了企业的正常生产。

过去实行固定工制度的时候，上海港务局在装卸生产第一线的装卸工，因各种原因，需要改变工种，照顾安排到后方二、三线工作的，每年达800到1000人，使港务局劳动力的结构长期处于"一线紧、二线松、三线肿"的比例失调状态。

从1981年开始，他们在新招工人中实行劳动合同制，企业和劳动者有了互相选择权，当时在装卸生产第一线的劳动合同制装卸工有3100多人，不存在改变工种的问题，从而使装卸劳动力始终保持符合装卸作业需要的最佳状态。

当时，天津市建新建筑公司与农村民工实行总分包合同制，共同完成建设工程，走出了改革企业用工制度的新路。

建新公司和许多建筑单位一样，任务少的时候"吃不饱"，技术设备和人员的力量发挥不出来；任务多的时候，劳力得不到及时补充，因而亏损的局面很难改变。

一年多来，他们承担的建筑工程任务很重，而自身力量又不足，于是采用总分包合同制的办法，由建筑公司把建设任务一揽子承包下来，然后把部分任务承包给农民建筑队。对愿意承包的农村民工队，经过实地考察，择优录用，并签订以经济责任制为中心的合同，按幢号定协议，明确规定各自的职责范围。

同时，对预算工程质量、竣工时间、质量要求都有明确具体标准。这样，建新建筑公司和民工队双方都能扬长避短，发挥优势，使之互为补充，在建设施工中，更好地发挥作用。

国营建筑单位和农村民工相结合，好处很多。对国家来说，不增加固定职工，不增加城市户口，不增加工资总额，基建投资收效快；对企业来说，增产不增人，不增加后勤服务设施投资，但能增加盈利；从农民来看，富余的劳动力有了出路，经济收入也能增加。建新建筑公司与民工之间由于双方职责分明，又有共同的利害关系，都能通力合作，共同努力完成任务。

建新公司与河北、河南省民工共同承担的新建住宅大楼的施工任务，包括民工在内的年全员劳动生产率达8957元，平均每平方米造价120.57元，比预计造价降低29.43元。这些经济指标超过了天津建筑系统先进单位的水平，也超过了全国施工企业的平均水平。

天津市认真总结建新公司的经验，准备吸收更多的农村民工进城承包建设工程，并加强管理，提高工程质量，降低工程造价。

到1986年7月9日，天津市第二建筑工程公司对招工办法进行改革，用劳动合同制代替了实行多年的用工终身制，促进了新工人的成长和企业活力的增加。

1985年，天津二建公司采取"公开招工、择优录取"的方法，分3批招收了1331名合同工。按合同规定，新工人进厂先试用3个月，试用合格的分配到生产班组，不合格的辞退。在劳动报酬上，实行日工资加奖金制，保证多劳多得，福利待遇同固定工相同。

对履行合同期间违反劳动纪律、表现恶劣者，企业有权解除合同。

合同制规定明确，奖惩兑现，激发了新工人的上进心。当时，全公司合同工已经占到了一线工人的三分之一左右，他们中的多数人只用一年左右就达到了三四级工的水平，在生产第一线发挥了重要作用。四工区框架施工队60%的工人是合同工，他们在施工中由于进度快、质量好，在全公司评比中名列前茅。不少合同工还积极要求进步，争取加入党团组织，有的还成为全公司的青年标兵。

用工制度的改革使天津二建公司增强了活力，1986年1月至6月完成的工程量比1985年同期增长3.8%，节约民工费用110万元。

北京住宅建设总公司，按照以固定工为骨干，以农民劳动合同制工人为主体、以农村建筑队和临时工为调剂的原则，对用工制度进行了大胆改革，经济效果显著。

这个总公司先后从北京市密云县、河北省阜平县招收农民劳动合同工4900多人。这些合同工都是经过比较严格的政审、体检和文化考试选取的男性工人，其中25岁以下的占50%。

招进这支队伍从根本上改变了职工队伍的结构。通过师傅带徒弟、集中技术训练等手段，这支队伍较快地掌握了施工技能，充实了生产第一线。

这个总公司根据合同，对每一个合同工按其完成任务的数量、质量、工作难度，每年进行技术考核，考核合格者予以晋级，不断筛选更新，从而始终保证一线工人永远处于最佳年龄、最佳技术状态。

1985年总公司通过考核，将1700多名进厂满2年并从事技术工种的合同工晋升为三级工。构件厂一车间3条生产流水线共122人，其中32名农民合同工承包了一条流水线。

1985年11月份完成780立方米的混凝土构件生产任务，占全车间总任务的三分之一。

由于农民劳动合同工与固定工实行同工同酬、按劳分配的原则，能吃苦、守纪律的合同工对固定工是一种促进。固定工也教会了合同工技术。住宅总公司原有固定工2.275万人，其中一线工人1.199万多人，占全部职工的52.72%，一线工人平均年龄34岁。

1985年招收农民劳动合同工2000多人，使一线生产工人比重增加，适应了生产任务的需要。在固定工基本没有增加的情况下，竣工面积由改革前1983年80万平方米，增加到改革后1985年102万平方米，增长27.5%。

1986年5月7日，全国劳动人事厅局长会议在北京结束。

这次会议提出："七五"期间，我国劳动、工资、人事制度改革的重点要放在企业的工资制度改革、用工制度的改革和做好国家机关机构改革的有关工作上。同时，搞好其他方面的改革，为建立一套适应有计划商品经济需要的社会主义劳动、工资、人事制度奠定基础。

这次会议，回顾了"六五"期间劳动、工资、人事制度改革工作的进展。会议认为，我国对劳动、工资、人事制度的改革当前仅仅是起步，还不能适应经济体制改革的需要。各级劳动人事部门今后必须坚持把三大制度的改革放在劳动人事工作的首位，使劳动人事工作在改革中前进，在改革中创新。

会议提出了"七五"期间三大制度改革的一些原则性意见：

一是企业工资制度改革：确立国家与企业之间工资分配关系的基本模式，企业内部工资分配的基本制度，产业之间、地区之间、企业以及各类人员之间的工资关系，国家对工资基金的宏观控制与调节办法。

二是劳动制度改革：进一步改变劳动力管理上的统包统配和"铁饭碗"弊端，逐步建立一套安置就业、职业培训、企业用工和社会调节紧密联系的新的劳动制度，促进劳动力的合理流动和合理使用，逐步实现劳动力管理的社会化。

三是人事制度改革：在党中央和国务院领导下做好机构改革的有关工作，改革干部任用制度，逐步推行干部聘用制、聘任制、任期制，实行干部交流和合理流动，加强对干部队伍的宏观控制，使其与经济、文化等事业发展相协调。

这次会议对人事制度改革指明了正确的方向。

大部分青年赞成劳动合同制

1986年7月10日，广州对合同工临时工等抽样调查表明，99%的青年赞成劳动合同制。

广州市劳动局及有关部门对310多名青年合同工、临时工和申请就业的青年作了抽样调查，结果表明：赞成推行劳动合同制的多达99%。

绝大部分青年为何赞成劳动合同制呢？他们有3个明确的观点：

一是实行劳动合同制，可以改变过去的"拉郎配"的终身劳动力管理，疏通人才合理流动渠道。

某厂的一位青年，自学电子与中医结合的医疗技术，遂要求技术对口流动。某医院愿接收他，但厂方却要这位青年交付一千几百元作"赎金"。无奈，这位青年只好变卖部分财产和借款，交付"赎金"才得以流动。中国大酒店一位青年高级领班，受聘到深圳某企业当管理部长。他说："正由于我是合同工，我才免去十分繁杂的手续。"

二是劳动合同制可以使劳动资源开发从"企业所有"变为社会竞争。

当时，青年的就业和选择职业的门路大增，使他们改变了过去"能找到一份工作就行"的心理，注意用各种方式提高自身素质，以寻求自己满意的职业。

东方宾馆的一位临时工说："假如让我选择，我希望是合同工而不是固定工。当我还没有认准干哪一行最合适时，我可以先选择一次；当我的水平提高后，我还可以再选择。"

三是实行劳动合同制，可以使劳动者与企业互相制约，体现责、权、利的结合。

过去，劳动者虽捧定"铁饭碗"，却失去监察企业管理经营的权利，唯一的表示就是不合理的"跳槽"，即不办手续的辞职。

友谊公司的两名合同工说："实行合同制，我们有了期满留离的选择权。企业搞得好，我们就留，企业搞得差，我们就走。反之，企业也可以对我们如此。我们希望这样的互相竞争。"

当时，广州市已拥有国家劳动合同制工人5万多名，占全国的7%。一些企业负责人认为，在推行劳动合同制的同时，应加强对青年的职业选择的引导。

连续27年依靠国家财政补贴的甘肃省兰州饭店，自1983年改革用工制度，对新增职工实行劳动合同制以来，面貌大为改观。1986年上半年饭店的营业收入比1985年同期增长32%。

这个饭店新增职工全部实行了合同制。他们坚持面向社会，择优录用。凡被录用者，由饭店和本人经过平等协商，正式签订劳动合同。

合同规定：合同制工人被录用后实行半年试用期，试用期满经考核合格者，正式上岗工作。对表现好的合同制工人，长期使用；表现差的，可随时辞退。

几年来，兰州饭店先后6次共招收合同制工人230多名。这些工人进店后，把压力变为动力，大部分人好学上进，勤奋工作。

服务工作也开始向规范化、标准化、制度化迈进。当时，合同制工人已经成为这家饭店各项服务工作中的主体力量。

三、健全制度

- 劳动人事部负责人说:"劳动合同制保留了固定工制度的优点,又有利于消除它的弊端。"

- 安阳市电子管厂的职工高兴地说:"捧着'铁饭碗'混了半辈子,要是早些实行劳动合同制,我们也不至于落得啥也拿不起来。"

- 到1989年初,青岛市试行的在业职工重新待业保险救济制度,在全民、集体、私营企业的固定工、合同工、临时工、季节工中全面推开。

赵东宛强调要面向社会公开招工

1986年8月29日，劳动人事部负责人发表谈话，他说我国各地正在试行的劳动合同制，正在通过法律形式把劳动者的物质利益、职工保障同个人的劳动贡献、企业的命运紧紧联系起来，把劳动者为社会、为企业和为自己的劳动融为一体，这就更有利于增强劳动者的责任感，更好地体现劳动者的主人翁地位。

据介绍，实行劳动合同制主要是改变当时单纯用行政手段分配和录用职工的办法，实行企业和职工在一定条件下互相选择、平等协商，通过签订劳动合同的形式，确定企业与职工之间的劳动关系。

劳动合同中规定双方的义务、责任、权利和合同期限，期限的长短可以根据企业的需要和劳动者的意愿协商确定。合同期满，就应终止合同，双方同意的话可以续订合同。任何一方违反合同都应追究责任，以维护合同的严肃性。

这位负责人说：

> 劳动合同制保留了固定工制度的优点，又有利于消除它的弊端。实行劳动合同制，根据用人单位和劳动者双方的需要和意愿签订劳动

合同，合同期限可长可短，工人能进能出，既有稳定性，又有灵活性；而固定工制度单纯靠行政手段录用和分配工人，一次分配定终身，缺乏必要的灵活性。

这位负责人还提出，现在实行劳动合同制的工人与过去的"合同工"不一样。劳动合同制是一种劳动制度，而我们过去习惯上所说的"合同工"，实际上是一种用工形式，相当于临时工。

劳动合同制实行后，既让劳动者有了选择职业的一定权利，也给了企业用工上必要的自主权，它可以促进劳动力的合理流动，也有利于劳动力管理的社会化。

9月2日，六届全国人大常委会第十七次会议全体会议在北京召开。

在这次会议上，时任劳动人事部部长赵东宛发表讲话，他说：

改革劳动制度的重点是实行劳动合同制，今后国营企业以及国家机关、事业单位和人民团体从社会上招用工人都将实行劳动合同制。

赵东宛说，对由国家安置的城镇退伍兵等，仍按现行规定执行；对现有的固定工人，仍维持现行制度不变。

赵东宛在讲话中还谈到了改革招工制度问题，他强调说：

> 今后将面向社会实行公开招工，坚持德、智、体全面考核，择优录用，给待业人员创造均等选择职业的机会。

赵东宛说：为了进一步整顿和加强企业劳动纪律，国务院将颁布《国营企业辞退违纪职工暂行规定》。按照这个规定，企业对违纪职工应以教育为主，对经过教育和行政处分仍然无效的，可以按规定的条件、范围、程序予以辞退。被辞退的职工如果不服，可以向当地劳动争议仲裁机构以至人民法院提出申诉。如发现确有打击报复的，要严肃处理。各级劳动人事部门对被辞退的职工要指导他们重新就业或组织生产自救。在他们待业期间，按照规定发给一定的待业救济金。

国务院公布四项劳动制度改革规定

1986年9月9日，国务院公布改革劳动制度的四项暂行规定，即《国营企业实行劳动合同制暂行规定》、《国营企业招用工人暂行规定》、《国营企业辞退违纪职工暂行规定》和《国营企业职工待业保险暂行规定》。

这4个劳动制度改革的暂行规定，从1986年10月1日起实行。

这4个暂行规定的公布实施，是中华人民共和国成立以来劳动制度的一次重大改革，是整个经济体制改革的一项重要内容。认真贯彻落实劳动制度改革的4个规定，对于进一步发挥职工的积极性和创造性，增强企业活力，适应社会主义商品经济发展的需要，推动社会主义生产力的发展具有重要意义。

这4个暂行规定，重点是用工、招工制度改革，即国营企业新招收的工人都要实行劳动合同制，取消退休工人"子女顶替"和内部招收职工子女的办法，实行面向社会，公开招工，坚持德、智、体全面考核，择优录用。

按照新的规定，在国营企业的新招工人中，可以突破劳动力的"单位所有制"，使劳动者的特长、志愿和劳动岗位的需要较好地结合起来，这对提高职工队伍素质，加强企业管理，都有积极的促进作用。

4个劳动制度改革的暂行规定公布之前，广泛征求了各方面的意见，并向全国人大常委会第十七次会议作了汇报。

《国营企业实行劳动合同制暂行规定》（以下称《暂行规定》）规定：

企业在国家劳动工资计划指标内招用常年性工作岗位上的工人，除国家另有特别规定者外，统一实行劳动合同制。用工形式，由企业根据生产、工作的特点和需要确定，可以招用五年以上的长期工、一年至五年的短期工和定期轮换工。不论采取哪一种用工形式，都应当按照本规定签订劳动合同。

企业招用一年以内的临时工、季节工，也应当签订劳动合同。

劳动合同制工人与所在企业原固定工人享有同等的劳动、工作、学习、参加企业的民主管理、获得政治荣誉和物质鼓励等权利。

《暂行规定》指出：劳动合同制工人的工资和保险福利待遇，应当与本企业同工种、同岗位原固定工人保持同等水平，其保险福利待遇低于原固定工人的部分，用工资性补贴予以补偿。工资性补贴的幅度，为劳动合同制工人标准工资的 15% 左右。劳动合同制工人的奖金、津贴、保健食品、劳动保护用品、口粮补差和物价补贴等待遇，应当与所在企业同工种原固定工人同等对待。

《暂行规定》对职工退休福利方面也作出了规定：劳动合同制工人退休后，按月发给退休费，直至死亡。退休费标准，根据缴纳退休养老基金年限长短、金额多少和本人一定工作期间平均工资收入的不同比例确定，医疗费和丧葬补助费、供养直系亲属抚恤费、救济费，参照国家有关规定执行。

4 个文件的颁布，是中国人事制度改革的一大进步，也引起了巨大的社会反响。

工人盛赞劳动合同制暂行规定

1986年9月，4个暂行规定出台后，《人民日报》编辑部收到许多读者来信来稿，谈对劳动制度改革的认识，以及咨询相关的问题。

当时，全国有300多万人试行劳动合同制，在用工制度改革方面进行了一些有益的探索。许多来信来稿说，实行劳动合同制，改革用工制度，给企业带来了活力。

江苏省阜宁县的丝绸厂、纺织厂、建筑公司，过去招工中常常与管人部门对不上口，想进的人进不去，不愿去的硬分配来；有的工种没人愿干，劳动管理很困难。试行劳动合同制后，这几家工厂面向社会先后招收了800多名劳动合同制工人，双方在合同中明确了相应的权利和义务。

企业择优录用，工人也满意自己选择的职业，几个工厂的生产效率和经济效益大幅度提高。

云南省建筑工程总公司、广东省茂名石油工业公司也有这样的情况。实行固定工制度时，企业队伍"前方小，后方大，包袱重"，存在"招工难、提高难、流动难、搞活难"的问题。

1982年以后，云南省建筑工程总公司招收了1500多名合同制工人，加上临时劳务性农民工，使施工企业的一线生产工人增加了 21%，弥补了用工的不平衡。

这些新招收的合同制工人素质好，出勤率高，增强了企业的应变能力，提高了劳动效率，使总公司的施工产值增长速度都在 10% 以上。茂名石油工业公司招收合同制工人，按报考志愿定工种，按合同定岗位，解决了一线生产人员向二三线倒流的"老大难"问题，从制度上保证了一线生产用工。

来稿普遍谈到，在固定工制度下，人们端"铁饭碗"，吃"大锅饭"，有严重的依赖思想。劳动合同制把这些弊病改掉了，激发了职工的进取心。

山西锦纶厂采取"公开张榜、自愿报名、全面考核、择优录用"的原则，两年招收了 200 多名合同制工人，这些工人个个奋发向上，学技术，劳动好，有 36 名被评为厂里的模范。

安阳市电子管厂当时有 300 多名合同制工人，生产上是骨干，学习上是积极分子。看到合同制工人的这个劲头，这个厂一些文化技术不高的固定工很感慨。

安阳市电子管厂的职工高兴地说："捧着'铁饭碗'混了半辈子，要是早些实行劳动合同制，我们也不至于落得啥也拿不起来。"

签订劳动合同，用经济、法律和行政手段来确定和调节企业与职工之间的劳动关系，如工种岗位、用工期限、工资福利、劳动保险、解除合同等。

责、权、利很明确，企业和劳动者一经签订合同，都得按合同办事，这既是一种压力，也是一种动力。

黑龙江佳木斯市工农玻璃厂700多名合同制工人中有23人因违反纪律而被辞退。这对其他合同制工人也是个教育，多数人干得更好了。

还有的读者提出了一些问题，请有关部门的负责人员答复。

问：劳动合同制的工人与合同工一样吗？

答：劳动合同制工人与合同工是不同的概念。劳动合同制是为改革固定工制度而建立的新型用工制度。企业按这个新制度，在国家下达的劳动工资计划指标内招用常年性生产和工作岗位上的工人，是企业的正式工人。我们简称之为合同制工人，是为区别于现有的固定工。合同工，是企业为了满足临时性生产的需要，招用相当于临时工的工人。

问：实行劳动合同制后，是不是现有的固定工人都要改成合同制工人？

答：现在，有的地方传说劳动制度改革后，要将工龄在20年以内的固定工转为合同制工人；也有的地方传说，45岁或35岁以下的固定工在劳动制度改革后将转为合同制工人。其实，这些都是没有政策根据的谣传。按照国务院的规定，从今年10月1日起，国营企业新招收的工人实行劳动合同制，不包括现有的固定工人，也不包括统一分配和安置的技工学校毕业生和城镇退伍兵。

问：合同制工人是企业的主人吗？

答：我国实行劳动合同制，是在生产资料社会主义公有制和实行按劳分配原则的基础上，用劳动合同确定工人和企业的劳动关系，工人在企业中的主人翁义务、责任、权利在劳动合同中都有明确规定，并具体体现在法律上。所以，实行劳动合同制，会有利于巩固工人在企业中的主人翁地位。职工主人翁权利如果受到侵犯或剥夺，就可以凭劳动合同依法向劳动争议仲裁机构上诉，甚至向法院上诉。

劳动人事部还指出：实行劳动合同制，工人有了一定的选择企业的自由权利，可以按照自己的专长、意愿和身体素质等条件选择企业，这就更能体现工人是企业的主人。

用工制度配套改革同步进行

1986年9月9日,国务院公布《国营企业实行劳动合同制暂行规定》、《国营企业招用工人暂行规定》、《国营企业辞退违纪职工暂行规定》和《国营企业职工待业保险暂行规定》后,全国上下掀起人事用工制度改革高潮。企业和职工在改革之后尝到了甜头。

俗话说"好事多磨",在改革过程中,当然也会遇到一些问题。

当时,遇到的比较大的问题便是用工制度改革急需配套国营企业劳动制度的改革。这个改革涉及很多方面,比如,赋予企业辞退严重违纪职工的权力;建立社会保险制度,解决待业和养老保险问题;建立、充实劳动服务公司和搞活固定工等,哪一个环节的工作没有做好,都会影响劳动制度改革的顺利进行。

实行劳动合同制,如何签订合同,保证照章办事?有的人向有关部门写信说:签了合同不履行合同怎么办?在执行合同中发生争议,"公说公有理,婆说婆有理"怎么办?他们认为,有关部门要抓紧制定关于劳动争议方面的处理条例,以利于调解和仲裁。

据劳动人事部门反映,有的企业厂长按照规定辞退违纪职工,被辞退的职工无理取闹,缠得厂长没法工作。

厂长找到派出所，派出所的同志问："见血了没有？没见血我们管不了。"他们希望有关部门积极配合劳动制度的改革。

从长远来看，劳动制度的改革还涉及其他许多方面的配套问题，例如工资制度、就业制度、社会调节机制、干部制度的改革等等。

当时，山东省青岛市在这方面做得比较好。这个市1982年就开始试行劳动合同制，在上级尚没有明确规定、劳动部门没有先例的情况下，不等不靠，市、县、区层层建立劳动保险机构，筹集、使用和管理劳动保险基金，较好地解决了合同制工人的后顾之忧。

青岛市在部分企业中试行多种形式的用工组合制，有效地搞活用工制度，调动职工的劳动积极性。这项改革已在全市15个行业、19家企业、1.5万多名职工中实行。

这种组合制主要有五种形式：

一是层层招聘，分级组合。厂长、经理聘任科长和车间主任，科长、车间主任聘任科员和班组长，班组长聘任工人。职工也可以根据自身的条件挑选科室和班组长。

二是选"将"点"兵"，自由组合。先由职工民主选举车间主任、班组长，再由车间主任、班组长挑选工人。

三是插旗招标，自愿组合。组合与经济承包责任制相结合，实行招标承包，由中标者进行组合。中标者把对工人的要求公布于众，工人自愿参加组合。

四是考试考核，择优组合。对技术性强的车间、工位，参加组合的人员都要参加考核，达到标准的可以参加组合。

五是领导搭桥，参加组合。

到 1986 年 7 月，青岛全市已提取劳动保险基金 1200 多万元，6000 多名合同制工人先后因病、因伤享受了劳动保险待遇。

当年，这个市还积极开办劳务市场，全市解除劳动合同的 2000 多名合同制工人，已有 1000 多人重新就业。

在这方面，改革比较成功的还有煤炭部门。

煤炭部建筑安装工程公司积极、稳妥改革用工制度，使固定工不吃企业"大锅饭"，新招工人不端"铁饭碗"，有效地搞活了企业，全公司平均利润增长率连续两年保持在 30% 左右。

这个公司设在河北省邯郸市，有 1.4 万多名职工。过去，由于劳动制度统得过死，能进不能出，企业背的包袱越来越重。从 1984 年起，他们把劳动用工使用权下放，下属各单位都可以根据施工的特点，灵活使用外包工，把一部分零星工程让包工队干。任务多时，用外包工上千人，任务少时，用外包工几十人。这不仅缓解了施工旺季劳力不足的矛盾，而且还加快了工期，节省了各种费用。

为了解决施工队伍"老化"，一线瓦、木、钢筋、混凝土、抹灰五大工种短缺的问题，他们还端掉劳动就业上的"铁饭碗"，不搞一次就业定终身，先后招收了几批合同制工人。由于实行了合同制，企业和职工都增加了选择的可能性，企业的用工更合理，职工的积极性也更高了。

这个公司还本着一线精干、二线满员、三线"消肿"的原则，认真制定劳动定额定员标准，采取按比例、按岗位、按分工的方法，压缩各类富余人员500多人。搞机电安装的第九十二处精简下来了不适合一线工作的女工和老弱病残职工215人，成立了加工厂，生产活动板房、暖气片和网球钢架，对外销售，两年来上缴利润50多万元。

另外，还把精简下来的人组成各种服务公司，面向社会，开展多种经营。公司所属第68处的服务公司及辅助队、厂，不仅经营饭馆、百货店、理发照相、机修，还通过加工木材、制作家具、加工水磨石水槽、水磨石窗台板和制作钢门窗等，一年获利润20多万元。

当时，山西大同矿务局已有1.1万多名合同制轮换工进矿，占原煤生产工人总数的40%多。

这个矿务局实行合同制轮换工是从1981年开始的，合同期3到5年，人员多数来自农村。按照合同规定，轮换工能进能出，打破了"铁饭碗"，合同期满可以回村自谋职业。

企业除了对伤、残、死亡的轮换工执行和固定工同样的劳动保险条例外，轮换工都有很大的灵活性。

这些轮换工进矿后，基本都在采掘一线工作，他们年纪很轻，出勤率也很高，成为煤矿生产一支不可缺少的生力军。

轮换工制度也为农村剩余劳动力找到了出路。一些轮换工掌握了一定技术，回村后有的承包地方小煤窑，有的支援乡镇煤矿，为贯彻大矿小矿一齐上的方针出力。

国务院发布的《国营企业实行劳动合同制暂行规定》《国营企业招用工人暂行规定》《国营企业辞退违纪职工暂行规定》《国营企业职工待业保险暂行规定》，提出在国营企业实行劳动合同制，对新招的工人统一实行劳动合同制，并在全国普遍推行劳动合同制。这标志着我国用工制度有了重大的改革。

虽然我国实行劳动合同制的时间还不太长，但已收到了初步成效，劳动合同制在调动职工和企业两方面的积极性，提高职工队伍素质，提高企业效益和社会效益方面起到了积极作用。

各地贯彻待业保险暂行规定

1986 年国务院发布的《国营企业职工待业保险暂行规定》的附则指出：

第十四条　省、自治区、直辖市人民政府，可以根据本规定制定实施细则，并报劳动人事部备案。

第十五条　本规定由劳动人事部负责解释。

第十六条　本规定自一九八六年十月一日起施行。

其实，建立职工待业保险制度一直是党中央重视的一项工作。早在 1986 年，《中共中央关于制定国民经济和社会发展第七个五年计划的建议》提出："要逐步建立机关事业单位、全民企业、集体企业、中外合资企业与外资企业职工的各种保险制度，特别是职工待业保险制度。"

这里所说的"职工待业"，是指已经就业的职工由于种种原因，失去原有职业而转入待业。这是当时经济体制改革中需要正确解决的一个新问题。

我国经济改革的基本方向是发展有计划的社会主义

商品经济，使企业真正成为相对独立的、自主经营、自负盈亏的商品生产者和经营者，开展社会主义竞争，优胜劣汰。为此，就必须建立企业破产淘汰制度，实行企业破产法。

所谓破产法，就是在债务人不能清偿债务的情况下宣告破产、清理资财、抵偿债务的法规。实行企业破产法，就不能回避极少数破产企业的干部职工暂时失业的问题。这些干部职工在重新就业之前，既要发奋自救，也需要获得一定的救济。这就要求建立职工待业保险制度，作为处理企业破产的配套措施。

不仅如此，随着社会主义有计划的商品经济的发展，在非破产企业中，也会出现某些职工暂时失业的情况。

由于国民经济结构的变化，由于不同产业部门和不同企业的劳动生产率提高的速度不同，因而各部门各企业对于劳动力的需求，经常会发生不同方向、不同程度的变化。有的单位需要增人，有的单位需要减人，增减情况各不一样。这样就会有一部分劳动力被某些单位裁减出来，需要重新进行职业培训，以便及时供另一些单位选拔录用。为了适应这种需要，我们也应该尽快建立职工待业保险制度，这是改革劳动管理体制，建立充满活力的就业制度的必要条件。

总之，职工待业保险制度就是承认职工待业，并给予适当救济的制度。只有建立这一制度，才能放手破除"铁饭碗"制度，不开"大锅饭"，只开"救济饭"。"救济饭"与"大锅饭"相比，在性质上、数量上都不一样。

必要的救济只是为待业职工提供一个基本的生活保证，以利于他们发挥自己的主动性，积极创造条件，早日重新就业，从而促进职工队伍素质和企业经济效益的提高。

1986年10月之后，各地陆续出台法律法规，积极贯彻《国营企业职工待业保险暂行规定》的有关规定。

北京市执行《国营企业职工待业保险暂行规定》的实施细则指出：

> 招用合同制工人的国家机关，事业单位，社会团体，按照本单位合同制工人的月标准工资总额的百分之一计算每月应当缴纳的职工待业保险基金数额，采取每年十二月上旬一次缴纳全年职工待业保险基金的办法。在京的中央党、政、军机关，事业单位，社会团体向所在地街道（镇）劳动服务公司缴纳。市、区、县级机关、事业单位、社会团体，按隶属关系分别向市劳动服务公司、本区、县劳动服务公司缴纳。
>
> 国家机关、事业单位、社会团体缴纳的职工待业保险基金分别从行政费、事业费中列支。

吉林省贯彻《国营企业职工待业保险暂行规定》实

施细则指出：

安置待业职工就业要认真贯彻执行"三结合"的就业方针，可以参加国营和集体企业单位招工，也可以组织起来就业、自谋职业或开展生产自救和社会公益活动。

待业职工从事个体经营时，须经所在市、县劳动服务公司介绍到工商行政管理部门办理营业执照。对暂时不能就业的待业职工，可根据生产（工作）需要，组织转业训练或提高训练。

福建省人民政府关于贯彻国务院《国营企业职工待业保险暂行规定》的实施细则指出：

职工待业保险适用于国营企业中列入国家劳动工资计划内的全民固定职工、全民劳动合同制工人和一九七一年底以前参加工作的计划内长期临时工；也适用于全民所有制机关、团体、事业单位中实行劳动合同制的工人。

享受待业保险的对象有：

（一）经批准宣告破产的企业的职工；

（二）濒临破产的企业法定整顿期间被精简的职工；

（三）终止、解除劳动合同的合同制工人；

（四）企业辞退的职工。

1987年以来，北京市劳动局从职工待业保险金中安排转业训练费539万元，扶持7个区（县）建立培训学校，为待业职工学习专业技能，尽快重新就业创造了条件，并投资建立了112个生产自救基地，共创利税217.4万元，安置各类待业人员1268人次。

为进一步搞活用工制度，增强企业职工对全员劳动合同制的思想承受力，北京市规定实行全员劳动合同制的企业原有固定工，在终止或解除劳动合同后，在待业期间可以比照规定享受待业救济待遇，从而消除了职工的思想顾虑，促进了全员劳动合同制的推行。

到1989年初，青岛市试行的在业职工重新待业保险救济制度，在全民、集体、私营企业的固定工、合同工、临时工、季节工中全面推开。

建立这项制度的主要目标，是保障劳动力流动，在一定程度上实现择业自由。当时，1640名领取救济金的职工中，已有700多人重新就业，流动到新的岗位上。也有人从此告别"铁饭碗"，加入个体户大军。该市一名青年职工，在厂里被频繁调换岗位，一气之下自动失业，在劳动保险部门帮助下，干起了个体服装裁剪。

青岛市产业工人二度待业的结构比例，并没有反映出受市场规律制约的产业结构的变化。二度待业者，绝大多数出现在就业机会多的市区，郊区、县城就业机会少，待业率反而低。脏、累、差的行业，招工难，待业率也高。

待业保险制度促进了劳动力流动，但职工流动的盲目性几乎和就业的盲目性一样大。

青岛市有关部门表示，待业保险制度进一步完善，走向规范化、社会化，还有许多问题需要解决，同时需要社会各方面的理解和支持。

1989年3月22日，湖北省沙市130家国营企业不再担心职工被辞退或自动离职后带来的社会问题。当时，共有7万多名职工的这些企业都参加了职工待业保险基金统筹。

为了与劳动制度改革配套，沙市市政府1988年决定建立职工待业保险基金统筹制度。制度规定，各企业按职工工资总额1%的比例提出专款，交市劳动服务公司统一管理，作为职工在失业期间生活救济之用。

按规定被企业辞退或自动离职的职工，到市劳动服务公司办理待业登记手续后，可领取本人原工资70%的生活救济款；但经劳动服务公司3次安排仍不上岗的人，则不再给予生活救济金。

随着各地积极贯彻待业保险暂行规定，工人的积极性大大提高，企业的效率又迈上了新台阶。

四、深化改革

● 1988年，职务终身和身份保险的机制，已在北京上百家企业中受到冲击。有人说："要上岗吗，对不起，条件公开，机会均等，双向选择。"

● 北京市领导提出："优化劳动组合后的上岗人员，不管新的还是老的，都应该像前门商业大厦那样，逐人与企业签订合同。"

● 李沛瑶说："在我国实行全员劳动合同制，不是一种偶然现象，也不是对国外用工制度的简单效法。"

广东劳动工资制度改革见成效

20世纪80年代中期,广东省劳动工资制度的改革,围绕增强企业活力这个中心,经过几年的大胆探索,开始从根本上触及人们长期以来形成的"铁饭碗""大锅饭"思想,对调动职工积极性,增强企业活力,起到促进作用。

1986年11月,深圳市劳动用工制度的改革逐步走向正轨,并渐渐深入。当年,该市采取主管部门、企业和个人努力相结合的办法,较好地解决了合同制工人的合理流动问题。到10月14日止,全市已有500名合同制工人实行了合理流动。

深圳市是我国最早推行合同制的城市之一,有3万多名合同制工人。随着合同期到期、合同制工人技术状况及所在企业经营状况的变化,已陆续出现合同制工人的流动问题。

面对新情况,该市劳动局年初确定:部门、企业和个人相结合,实行合理流动。合同制工人合同期满因种种原因不能继续在原单位工作的,自己可以找单位,劳动部门协助推荐。

企业在保持合同制工人稳定性的基础上,对技术不对口的合同制工人,或内部调整,或与市劳动服务公司联合向有关单位推荐,帮助其合理流动;本人找到合适单位的,劳动部门协助办理流动手续。

深圳电子总公司因生产不足而无法与合同期满的80多名工人续订合同,这个公司便在主管部门支持下,除了积极向本系统推荐安排40多人外,其余工人凭自己的专长,找到了满意的工作。人民桥商场一名美工与原单位按期终止合同后,自己联系了单位,原单位很快给他办了手续。

在广东,劳动制度的改革,已经迈出了重要的一步。全省国营企业对新招工人,统一实行了劳动合同制,据省劳动部门统计,到1987年5月底,全省合同制工人已达55.5万人,占全国总数的十分之一。与此相适应的一系列配套改革同步进行。

招工制度方面除个别行业外,废除了"子女顶替"制度,实行面向社会招工,择优录取,使企业能选择适合生产需要的劳动者。就业制度改革,贯彻了"三结合"就业方针,安置41万多人,基本解决了历史遗留的待业问题。

广东省企业工资制度的改革,首先从宏观上探索解决国家与企业工资分配关系的路子。

许多企业根据实际情况,试行百元产值工资含量包干、联销联利浮动工资制、单位销售产品工资含量等办法,都取得了预期的效果。

试行工资总额与上交税利挂钩的28家国营企业,

1986年上交税利比核定基数增长12.51%，应提工资总额比核定基数增长7.52%，实发人均工资比核定基数增长3.34%。

用工制度的改革给广州友谊商店带来新的活力。全店的合同制工人占职工总数将近一半。他们年纪轻、有文化、朝气蓬勃，成了企业的骨干力量。

早在1983年底，这个商店实行劳动合同制，新增加的职工一般都不超过30岁，经过3个月的试用期后，择优录取。

到1985年两年多来，广州友谊商店已先后有3批共520多人转为正式合同工。他们没有"铁饭碗"可捧，工作成绩的好坏与经济收入的高低挂钩，促使他们好学上进，勤奋工作。

友谊商店首批合同工是1983年毕业于广州市第一商业职工中学的54名学生，1987年已成了企业的骨干。

用工制度的改革，也给企业带来压力。合同工在试用期和合同期满后有去留的选择权，企业经济效益差，他们就会远走高飞，另寻高就。所以，广州友谊商店从柜长到经理，都不遗余力地把企业搞好。

他们从抓好服务工作入手，制定了许多便民措施，建立和健全了一系列规章制度，以出色的服务赢得中外顾客的赞誉，取得了较好的经济效益。

湖南河北积极推行劳动合同制

1986年到1987年,湖南省在全民所有制单位推行劳动合同制,给了劳动者选择职业的自主权,给了企业用人的自主权,在提高职工素质、调动职工积极性、促进生产发展、提高企业经济效益等方面显示出勃勃生机。

1986年10月以来,湖南省全民所有制单位新招工人全面实行了劳动合同制。到1987年7月底,全省全民所有制单位合同制职工达15.7万人,效果很好。

湖南在改革人事制度的过程中,主要通过做几个方面的工作来达到改革目标。

促进了就业前的培训。用工单位自由选择劳动者,劳动者自由选择单位,引起了劳动力的竞争,劳动者为了提高竞争能力,选择合适的工作,积极参加就业前培训,努力学习专业技术知识。

湖南全省1978年至1982年5年间共培训城镇待业人员2.9万人,试行劳动合同制的1984年到1986年共培训结业26万人,相当于1982年前5年的9倍。

促进了职工队伍政治、技术素质的提高。实行劳动合同制既是给劳动者的一种压力,又是促使劳动者提高政治素质和技术素质的动力。广大合同制工人努力学政治学、技术,政治、技术素质迅速提高。

吉首纺织厂，1985年以来，招收了410名合同制工人，1987年98%以上的人都能胜任本职工作，有102人加入了共青团，2人被送到州党校学习，62人被评为先进生产者，3人参加全国高考自学考试，取得优良成绩。

为劳动者和生产资料的优化组合提供了良好条件。实行劳动合同制以后，企业有了用人自主权，根据生产需要选择合适的劳动力，合同制工人根据自己的特长、爱好和身体条件，选择自己的劳动场所和职业工种。工人安心工作，提高了经济效益和工作效率。

实行劳动合同制，签订劳动合同，既保障了合同制工人职业和职工队伍的相对稳定，又促进了劳动力在一定范围内的合理流动。

到1987年7月底，全省共计解除劳动合同476份，占劳动合同总数的0.4%。其中按照正常规定解除的163份，占劳动合同总数的0.14%，99%以上的合同制工人是稳定的，但不是固定的，而有少量的、合理的流动。

在河北省实行劳动合同鉴证试点的保定，截至1988年7月中旬，各级仲裁机关按照自愿原则，已对18800名合同制工人所签劳动合同实行鉴证，强化了劳动合同约束力，依法保障了劳动制度改革的顺利实施。

劳动制度改革以来，保定累计招收合同制工人23942名，已获鉴证的近80%。其中，属于鉴证前才补签合同协议的2933份，占合同鉴证总数的15.6%；属于合同形式和条款不完备的5396份，占28.7%；属于严重违背本人意愿和劳动法令、法规的472份，占2.5%。有些合同协议书不是本人亲自签名，而是由单位代签；有些合同内容诸如安全生产、工伤劳保等必备条款没有明确规定；有些合同期限不是根据生产和工作需要，而是搞"君子协定"。

保定各级劳动行政部门和仲裁机关从1987年9月开始，认真审查合同的合法性、合理性和可行性，实行合同鉴证程序。

对符合鉴证条件的积极予以鉴证；对条款不完备、文字表述不准确的，帮助完善合同内容；对不真实、不合法的劳动合同不予鉴证，并说明理由责成当事人纠正。通过鉴证的劳动合同，全部由仲裁机关和企业劳资部门建立专柜、统一编号、归卷立档。

保定运输公司，将335名合同制工人经鉴证的劳动合同与本人见面，建立了定期检查合同履行情况的制度，调动了工人的劳动积极性，经济效益明显提高。1988年上半年，完成客货运工作量和实际收入，均比1987年同期增长13%。

通过鉴证，有效地保障了企业正常的生产秩序。依法对劳动合同作出鉴定性证明，使合同双方当事人，明确了自己的权利和应承担的责任与义务，增加了压力和危机感，强化了劳动纪律，维护了劳动合同的严肃性。过去，有的单位不能自觉依法按合同办事，削弱了劳动合同的法律效力，通过鉴证，仲裁机关及时予以纠正。

定兴县某机关招收一名女打字员,合同期一订就是40年,超过了法定退休年龄。仲裁机关发现这种情况,严肃对待,宣布合同无效,要求重新签订。

当然,劳动制度改革并非处处一帆风顺,有些出台较早的地区,有的止步不前,有的已经偃旗息鼓了。

早在1985年前后,河南省曾在3000多家企业、31万名职工中进行劳动制度改革。这在全国来说起步是很早的,但后来几乎流了产,直到1988年初才又重新开张。为什么会有这么大的曲折呢?

工人们说,干部坐在"铁交椅"上,让我们摔"铁饭碗",不公平。

优选出来的上岗工人,两个人干着以前3个人、甚至5个人干的活儿,而工资却没啥变化,多劳不能多得,情绪一下子低了下来。

精简下来的富余人员也提出责难:我们在厂里没人管,推到社会上没有失业保险金,生活没出路。

厂长更有一本难念的苦经:干部制度的改革,上级部门不点头,我只能干着急;我精简科室人员,而各路"婆婆"却仍然对口布置工作,企业武装部的年工作量不过25天,要求与保卫部合并,上面硬是不同意;本来应该给优化上岗的工人增工资,可我没有工资分配权,钱从哪里来?

在上下左右都绊脚的情况下,洛阳棉纺织厂等一批企业不得不把工人和企业签订的劳动合同当众焚烧,精简下来的富余人员重返岗位吃"大锅饭",厂长公开宣布:"这次改革不算数!"

类似河南这种情况的在全国各地并不少见,遇到的"矛盾点"也大体相同。事实说明,劳动制度的改革,受多方面因素的制约,唱"独角戏"不成,必须配套进行。

青岛、株洲、盐城、沈阳、安阳等城市由于较早地看到了这一步,制定出了相应的配套措施。

这些城市的企业,在承包经营的基础上实行工资总额与经济效益挂钩,用人与生产发展挂钩的"双挂"政策,以及增人不增工资总额、减人不减工资总数的办法,赋予企业改革劳动制度、节约用人、提高生产效率的压力与动力;对企业富余人员新开办的厂点,实行两三年内减免税收的办法;积极开办劳务市场,为企业富余人员的流动疏通渠道;搞好社会性的劳动保险和劳动保障,解除职工待业或失业的后顾之忧,等等。

与此同时,企业内部的人事、劳动、工资三项改革配套进行。

这些配套措施比较完善的青岛、株洲、盐城、安阳、沈阳等市的工业生产呈现出减人增产的好势头,绝大多数职工也开始得到实惠。

建筑行业深化用工制度改革

1988 年 3 月中旬，由建设部劳动工资局和《建设报》联合召开的建筑业用工制度改革理论与实践研讨会，在山东省桓台县举行。

与会人员回顾和总结了自 1982 年以来全国建筑业用工制度改革的经验，并就如何进一步深化和完善这一改革，进行了论证和探讨。

大家认为：现阶段建筑业用工制度改革的基本内容，就是打破建筑业长期以来的单一固定工的用工模式，改为以固定工为骨干，以农民合同制工人为基本力量，以农村建筑队为补充的富有弹性的城乡结合的用工体系。

与会人士认为，这项改革是成功的，新的用工制度展现出旺盛的生命力：

一是打破了建筑业劳动力更新多年来一直从城镇补充的老办法，改为按照合同制从农村招用劳动力，从而解决了建筑业从城市招工难、留不住和体质差的"老大难"问题。

二是缓解了企业办社会的压力，减轻了国家和企业的负担。因为农民合同工是单一劳动力进城，家在农村，对企业没有过多依托的需求。据有的单位测算，用一名农民工比用一名固定工人，国家和企业每年可节省各项开支 700 至 1000 元，而生产效率可提高 30%。

三是为农村富余劳动力的转移和贫困地区脱贫致富提供了途径。据测算，现在已有 800 余万农民合同制工人和农村建筑队成员活跃在城乡建筑市场，人均收入 1500 元左右，总计可为农村增加上百亿元收入。

建筑业用工制度改革的目标模式是什么？一位与会者提出："城市建筑企业使用农民合同工有较多的优越性，在现有基础上，要进一步加快农民合同工对固定工的转换，争取到本世纪末，把城市建筑企业的全部固定工都转换为农民合同工。"

多数意见认为：当前已确定的新的用工制度，就是改革的目标模式，下一步发展是如何进一步完善。以后农民合同工和农村建筑队的使用量还可以加大，但一定数量的固定工不可缺少，这是建筑施工企业的基本骨架和重要依托。

还有的人主张：用工制度改革要和整个建筑业的改革结合起来，为了进一步适应市场机制和提高经济效益的需要，以后建筑施工企业应该实行管理层和作业层的分离。管理层也就是"架子公司"，专管承包和经营建筑设计、施工任务，本身不带施工队伍；作业层负责向"架子公司"提供施工劳务，它可以是城市国营或集体施工队伍，还可以是农村建筑队，也可以是城乡结合的施工队伍。

在当时，有人预测，到 20 世纪末，我国建筑业可容纳2500万劳动力，它为农村富余劳动力的转移提供了一个重要的场地。

与会人士认为，为了从数量和质量上解决建筑业劳动力的供求关系，必须大力培育和发展建筑劳务市场。这就需要做好以下工作：

一是培育和开拓劳动力资源基地，尽可能优先选择老、少、边、穷地区进行开发，让他们与大中型国营建筑企业建立稳定的劳务协作关系，从而形成"养在农村，服务城镇，城乡结合，互为依托"的建筑施工队伍网络。

二是发展城乡联合的农民工培训基地，实行"先培训，后上岗"的原则，努力培养中、高级技术工人，提高农民工的技术素质和应变能力。

三是加强对进城农民工的管理和培养，使他们与固定工一样，都成为企业的主人，以切实解决当前农民工"流失率"高、不稳定和技术素质低等问题。

四是培育竞争机制，搞活现有固定工队伍。实行层层招聘制、任期制和择优汰劣、自由组合等新型组合制；推行承包经营责任制，建立高效益的用工结构，真正拉开收入差距，激发职工的内在动力。

这次会议的召开，对促进中国建筑业的整合与发展起到了巨大的作用。

北京实行优化组合双向选择

1988年,职务终身和身份保险的机制,已在北京上百家企业中受到冲击。有人说:"要上岗吗,对不起,条件公开,机会均等,双向选择。"

这股人事制度改革风甚至还吹到了武警部队里面。

武警北京总队改革生产经营单位的用工制度,减少部队的生产用兵,1988年1月至4月,有700多名从事生产经营的战士回到执勤第一线。

这个总队担负的执勤任务十分繁重。随着部队生产经营的发展,尽管按上级要求把生产用兵控制在规定的比例之内,仍感兵力吃紧。从1988年起,他们对支队以上生产经营单位在继续推行承包责任制的基础上,实行生产用兵计入生产成本、纳入收益核算,促使各生产单位在经营中减少用兵。

在当时,全总队有12个农场实行雇农工种植水稻、西瓜和其他经济作物,其中有5个农场当年不再调用生产用兵;百余个工业、服务业、修理业和养殖业等生产点,也都根据情况雇请一定的地方专业技术人员进行承包经营。这样,不但提高了经济效益,而且也保证了执勤任务的完成。

北京市开始对旧的用工制度进行改革时,曾引起一些人的疑虑、惶惑和不安。然而，由此而给企业带来的活力，又渐渐得到了人们的理解与接受。

多少年来，人们只习惯于一次分配定终身。一旦当上了固定工，或是进了干部"门"，如果不是犯大错误，工作再平庸，再不称职，再不需要，也下不来，出不去。

在康乐餐馆工作的两位服务员一直生活在这样的氛围里，悠闲自得。想不到优化组合，一夜之间让两人成了编外人员！情感的跌落，可以想象。在岗与下岗，思想上由震动而思索。

回家待了一个月，她们终于明白了一个浅显的道理：要吃饭，就得干。没有再流泪，一张恳切的上岗申请书送到领导的面前："干什么都行，一定要干好！"

餐馆的领导考虑到她俩是共产党员，党员在编外，总是不该发生的事，就多方做工作。二楼组长说："现在只有洗菜和刷碗这两个下手活儿了，要干，就是它了。"

无话可讲。她俩毕竟是党员，要证明自己是能干的，就得"愉快"地承担了下来。过去这个岗位3人干，现在两人干，又快又好。

岗位的失而复得，内心的感触说不上是什么，但有一点是清醒了：要重新审视自身的价值。

北京第一机床厂的几名青年大学生，进厂刚几年，在第一轮优化组合时，名落孙山，心里一下失去了平衡。

他们满以为80年代的大学生，血气方刚，有一定的专业知识，用工制度的改革还会革到他们头上？但眼前的事实教育了他们：自由散漫，工作吊儿郎当，考评不合格，只能列入编外。他们第一次感到了职业的危机，也第一次尝到了没人要的滋味。他们开始反省自己的表现，同时拿出行动，把企业的兴衰和个人的前途、命运联系在一起。

后来，在第二轮的组合中，大多还是组合上了。他们的体会是：现在的用工制度留住了主人，淘汰了客人，不好好干吃不开！

若是在以往，计算机室负责人这副担子，绝不会放到一个跨出校门不久的毛头小伙的肩上，尤其像北京制药厂这个1939年诞生于太行山革命根据地的老资格的企业。

但是，工厂并没有背着这样的包袱，相反在优化组合中，抹去长期蒙在人事管理上的神秘色彩，让全厂3000多名职工都处于一个平等的竞争环境中接受挑选和聘用，使其都能有一个显露才能、取得成功的机会。

计算机室负责人的产生，正是经历这样的程序。当时好几个人出来竞争，经过公开答辩，群众民主评议，评委综合考查，最后，进厂仅一年的大学生小袁中标。他是北工大计算机专业的毕业生，他和他的两个合伙人，都是20岁刚出头的青年人。

面粉九厂也发生着类似的故事。这个厂的化验科科长的岗位，就是由几个人来竞争的。其中有干了10多年检验工作的原负责人，有刚毕业的中专生，有车间的普通工人。

从厂里的录像中看到，竞争是激烈而又慎重的。通过答辩和考核，26岁的普通工人走上了这个岗位，原来的负责人则到车间当了一名打包工。

"我进厂8年多了，除在化验室工作过两个月，一直在车间，各种活都干过。这次厂里贴出招聘书，我想试试，就报名了，结果有了现在的身份。"新任科长不无自豪地说，"要是没有优化组合，我就出不来，永远是工人。"

有人问："你上来人家服气吗？"

"明年还要组合，还有机会嘛，我这科长也不是终身的。"他笑笑说，"不过，我要加倍努力，不然，一争就给争下去了。"

当了打包工的原负责人情绪并不低落。她说，她进厂没干过别的工种，就搞化验。下来后曾想要求调走，但一想，哪个单位都要改革、减员，到了哪个单位也这样，无非形式不一样。

有人问她："一个普通的工人将你挤下来，你就没有想法？"

"想法一点儿没有不是心里话，但不能死抱着一种眼光看事物。我当了这么多年化验室的负责人，在管理上，我的那一套方法确实不适应了，我要重新学习。"她抬起头，脸上露出笑容，"反正一年一变，希望坚持下去。我支持厂长改革，搞企业就得搞好，用人就得要精明强干的。我在准备条件,不是讲动态组合嘛!我今年36岁,明年还想争一争!"

事情就是这样的无情:已被组合的人员表现不好,随时编外;已被编外的人员有了转变,可以参加新的组合。

"你家里有事,下班以后再说,可你在岗上,达不到服务标准的要求,就要请你下岗,店里有等着上岗的人。"这是一家饭店服务组长对手下人员发出的警告。

在当时,北京市革制品厂党委书记钱铮提供了一组数据:该厂曾有142人列入编余、编外,经教育现在又有119人重新被安排到需要的岗位上,对于始终未被安排的经教育又不悔改的3名编外人员,做了除名处理。

编外人员进入厂内第三产业,也并非是又一次端上了"铁饭碗"。干得不好,同样有可能被再次编外。

北京轻型汽车有限公司总装分厂有一名青工,编外后,被劳动服务公司聘为工人,上岗后仍不好好干,又被退回到厂"待聘"。厂里有规定,如果3次被退回到厂待聘,每月只能领取生活费了。

东郊粮库有个工人,过去打架受过拘留处分,但从不在乎。这次列入编余对他震动很大,本想破罐破摔了。领导多次做工作,他想通了。改革是把人们推到了风口浪尖上。用他的话说:"不能成为一条龙,就会变成一条虫,五尺高的汉子,一定要做出个样儿给人们看看。"

他主动拿了2000多元作为风险抵押金,找到粮库主任吕学典:"你有多少人?我包了。"承包了厂里由编外人员组成的劳务大队,由于分配上实行计件工资,又有一套严格的管理办法,一个个变了样。

原来磨磨蹭蹭不出力,现在一天干10个小时。6月下旬的一天,气温高达38度,到下午正常的业务工作都停了,全库只有两个地方在干活:一个是同属编余人员的机修队,另一个就是劳务大队。

"他们干得多,报酬也多,最高的有人月工资拿到390多元。"粮库主任吕学典感慨道,"优化组合,使我们为解决多年难以解决的职工教育问题找到了一条可行之路!"

1988年8月11日,北京市大刀阔斧地在对企业进行优化劳动组合的基础上,开始在前门商业大厦、煤炭总公司二厂等28家企业试行全员劳动合同制。

北京市领导提出:"优化劳动组合后的上岗人员,不管新的还是老的,都应该像前门商业大厦那样,逐人与企业签订合同。"

市劳动局局长龚树基说,这是劳动制度改革的目标。从1988年起,全市用3年时间,在市属全民所有制企业和区、县、局所有制企业中实行全员动态优化劳动组合;用5年时间,把固定职工全部改为合同制职工,实现全员劳动合同制。

这个市1984年企业整顿期间,就触动了企业内部的劳动制度,不少单位进行层层组合,采取种种办法安置企业富余人员。随着企业承包经营责任制的推行，特别是实行工资总额和经济效益挂钩、成本列支工资总额包干办法以后，推动了企业优化组合的逐步开展。

截至1988年6月底，全市市属企业搞完优化组合的165家，职工21.4万人；正在搞的391家，职工38.2万人；准备下半年搞的企业470家，职工32.9万人。

实践证明，优化劳动组合牵住了企业深化改革的"牛鼻子"，优胜劣汰，增强了企业生存和职工就业的危机意识。然而，这只是解决了职工在企业内部的上岗和下岗之间的流动，没有解决在企业和企业之间、在业和待业之间的流动。因而只是打破了"铁工资""铁交椅"，冲击了一下"铁饭碗"而已，还不能最终打破能进不能出的固定工制度。

为了推进这项改革，市劳动局从1987年6月起在28家企业进行全员劳动合同制的试点。

当时，北京市除外商投资企业已开业的200家企业、近4万人，全部实行全员劳动合同制，市属国营企业煤炭二厂和集体所有制企业前门商业大厦共1500人也都试行了全员劳动合同制。

他们先优化组合，然后将固定工改为合同制，全体职工与企业签订期限长短不等的劳动合同，按照合同规定，双方有权终止或解除合同，合同终止或解除后，即解除劳动关系，职工自谋出路或转入社会待业，真正打破了"铁饭碗"。

过去一直感到缺员的煤炭二厂，经过这次大的变革，现在成为满员的单位了。1987年全厂人均劳动生产率比1983年增长了37%，同时厂第三产业还创利近100万元。

到1990年12月1日，北京有机化工厂正式宣布全厂实行全员劳动合同制。全厂2000多名职工郑重地在劳动合同书上签了字。

这个厂是有25年历史的全民所有制企业。他们坚持走改革之路，在"七五"承包中取得了很好的经济效益。为了进一步搞活企业，经过试点，开始全面实行劳动合同制。

固定工改合同制是一项重大改革，关系到每个职工的切身利益。为消除一些职工的顾虑，在签字前，有机化工厂做了大量的宣传教育工作。该厂赞成这项改革的职工达到100%。

为确保合同书的有效实施，在签订全员合同书的同时，还签订了一份"个人岗位承包书"。

辽宁省创造能进能出的新机制

1987年初,辽宁通过劳动制度改革,大大提高了企业的生产效率和工人的积极性。辽宁省的劳动制度改革也和其他省份一样,并非一帆风顺。

早在改革初期,据锦州市劳动局信访仲裁科李新生介绍,锦州市有216家私营企业,共有雇工3221人,其中最大的一家私营企业有雇工100多人。

在这些私营企业中,只有一小部分雇主与雇工签订了劳动合同。即使这些已经签订的劳动合同,有关内容也不完善。主要的问题有:一是没有明确职工工作的质量和数量;二是缺少职工劳动保险和生活福利待遇的条款;三是没有明确职工的劳动条件;四是没有明确雇主与雇工违反劳动合同应承担的责任。

因此,一些私营企业的雇主与雇工发生争议时,双方所签订的劳动合同难以作为仲裁的依据。同时,有关部门也难以维护雇主与雇工双方的合法权益。

一些私人企业的雇主与雇工之间的争议不断增加。有的是因为雇主无故提前辞退雇工,有的是雇工不辞而别。锦州市最大的一家私营企业锦西振兴矿业公司,在1983年至1986年间,花钱培训了一批汽车司机,其中有12名司机不辞而别,有的干了两三年,有的只干了半年。

雇工不辞而别，对企业的经营和经济效益影响很大。

李新生说："由于劳动合同不健全，雇主对这些人也没有制约的办法。另外，一些私营企业的职工出了工伤事故后，由于合同中没有明确有关劳动保险的条款，雇主感到十分为难。有的雇主为受了工伤的职工花了大笔费用，雇工仍有意见。"

根据我国私营企业暂行条例的规定，以及当时私营企业劳动合同中存在的问题，李新生建议：

一、私营企业用工应通过当地劳动部门办理用工手续，并按有关规定认真签订劳动合同。

二、私营企业的雇主与雇工签订合同后，应由有关部门对合同的合法性进行审查和鉴证，以维护雇主与雇工双方的合法权益。

三、利用各种形式向雇主和雇工认真宣传国家的劳动政策和劳动法规，促使雇主和雇工遵守劳动法规和政策。有关部门应对私营企业执行劳动法规的情况进行监督检查。

这样，遇到问题就解决问题，使情况有了根本性好转。辽宁省的劳动制度改革不断取得丰硕成果。

到1992年1月10日，劳动部和国务院生产办公室就关停企业被精简职工实行待业保险发出通知。

通知说，为了保障企业关停后被精简职工的基本生活，决定对经省、自治区、直辖市人民政府或其授权的市（设区的市或相当于设区的市一级）人民政府，或国务院有关产业主管部门批准关停的，已缴纳待业保险基金的企业中被精简的职工，比照1986年国务院《国营企业职工待业保险暂行规定》有关对濒临破产企业法定整顿期间被精简职工的规定，实行待业保险。

这些关停企业在法定整顿期间，为组织职工开展生产自救和转业训练确需待业保险基金扶持的，可按照1990年3月23日劳动部《关于使用职工待业保险基金解决部分企业职工生活问题的通知》（以下简称《通知》）中有关规定办理。

《通知》要求对被精简的职工，各地劳动部门要及时办理待业登记，按照规定发放失业救济金及有关费用，并根据待业职工特点和社会需求，有针对性地组织转业训练，扶持待业职工开展生产自救。对符合用工单位要求的，在同等条件下优先推荐就业。

辽宁省接到《通知》后，继续深化劳动制度改革，近500万职工参加待业保险。

1992年4月14日，辽宁省已有1.5万多个国营企业和外商投资企业的480.3万名职工参加待业保险，占全省国营企业和外商投资企业职工总数的80%以上。

辽宁省不断扩大待业保险范围，1991年初由国营企业扩大到外商投资企业；1991年下半年又扩大到实行全员合同制和优化组合后的富余人员。到年底，全省累计收缴待业保险金 2.4 亿元，接收待业职工 2.1 万多人，安置就业 1.15 万人，对发展生产、稳定社会发挥了积极作用。此外，辽宁省出台一系列配套措施，保证待业保险制度实施。

"不是简单地裁人，而是积极开辟新门路，为富余人员提供新的就业机会。" 7 月 8 日，时任沈阳市市长武迪生强调，这是沈阳企业用工制度改革能够顺利推进的最重要原因。到当年 6 月底，沈阳市工业企业已裁减 3 万人，大部分转到第三产业；另有 2000 人领取待业保险金，正在寻找新的工作岗位。

武迪生还介绍了另外两条重要经验：

> 一是用工制度改革从机关开始，先动上后动下，先干部后工人，当前，已有一批干部下岗或被辞退。
>
> 二是抓紧进行社会保障制度改革，该市已初步建立起待业保险体系，使待业人员有基本的生活保障。这些措施保证了用工制度改革顺利进行。

武迪生说，这项改革没有引起大的波动，因此为工资问题上访的人比过去大幅度减少。

沈阳市 1992 年上半年工业企业劳动生产率比 1991 年提高了 20%，亏损企业数、亏损额分别降低了 50%，实现利润增长 3.8 倍。

在后来的 1993 年 11 月 14 日,国有企业实行多年的固定工劳动用工制度,在沈阳市大多数国有企业中,已被合同工制度取代,初步形成了"以法制厂,择优用人,竞争上岗,双向选择"的新型劳动用工制度。

据沈阳市劳动局统计,到当年 9 月底,全市已有 5996 家企业、153 万名职工实行了全员合同制或合同化管理,其中国有企业职工占 70%以上,达 100 多万人。

沈阳是我国的老工业基地,国有企业居多,由于国家多年实行的用工统包统配,这些企业的职工只能进不能出,缺乏竞争机制。虽然我国在 80 年代初开始推行合同制,但仅限于新招收的工人。从 1990 年开始,沈阳市以劳动用工制度改革为突破口,全面推行全员劳动合同制和合同化管理。

合同制是职工与企业通过签订合同的方式,明确双方的权利、义务、责任,打破企业干部与工人、固定工与合同工、集体工的界限,统称为企业职工,使劳动管理法制化,企业有用工自主权,职工有自由择业权。

沈阳市企业用工实行合同制,使企业管理发生了明显变化,多年没有解决的干部能上不能下的问题得到了解决。据对 38 家试点企业的调查,劳动制度改革后,精简机构 132 个,剥离 1135 名干部,有 173 名优秀工人通过考试竞争被聘到干部岗位。

合同制也使职工有了危机感,一种竞争向上的风气开始在职工中形成。在沈阳味精厂、玻璃厂、低压开关厂，过去司空见惯的迟到早退现象少见了，工作时间打扑克、织毛衣的现象已经杜绝。过去车间主任分配活，工人常常提条件，现在工人主动找活干。

沈阳味精厂实行合同制后，进行定岗定员，味精月产量却比改革前提高了31%，成本下降了19.2%。

辽宁省实行合同制后，使企业形成了职工能进能出的新机制。进行劳动用工制度改革的5996家企业已开除、辞退、解除合同工1.4万人，同时有几百人辞职重新择业。

全国各地陆续推行全员合同制

1991年3月27日下午，时任北京市百货大楼总经理郭传周与商店党政副职、委托代理人与职工代表在《全员劳动合同书》上分别签字，标志着北京市这家大型国营百货商店走上了全员劳动合同制道路。

在当时，北京市实行全员劳动合同制的工商企业已有23家，其中，工业企业10家，商业企业13家。

1988年9月以来，北京市在全市大中小三类企业推进全员劳动合同制试点工作。所谓全员劳动合同制，就是企业全体职工通过签订劳动合同，确定企业和职工的劳动关系，明确双方的责、权、利，运用劳动合同这一法律手段，保障企业和职工双方的合法权益。

两年多的实践证明，实行全员劳动合同制，有利于全面提高企业素质。结合履行合同，加强企业管理，试点企业对职工进入企业、上岗下岗，对合同的签订、变更、终止、解除以及职工培训、考核、奖惩、升级、退休养老金的发放等项工作都做到制度化、规范化，从根本上改变了过去单纯靠行政管理的旧模式。

实行全员劳动合同制还能加强民主法制建设，发挥职工主人翁作用。

北京食品店建立了干部到一线劳动，工人参加日常班组管理等制度。实行全员劳动合同制后,双向选择,能进能出,职工队伍可适当流动,改变了一次分配定终身的局面。

当年,北京市把试行全员劳动合同制的企业数目扩大到106家,并初步打算1995年将全员劳动合同制在全市推开,逐步取代原有劳动用工制度。

6月17日,全国劳动计划工作会议在连云港市召开。这次会议提出,我国20世纪90年代深化劳动计划体制改革的目标是:

> 按照计划经济与市场调节相结合的基本原则,建立国家宏观调控、分级分类管理、企业自主用工和自主分配的计划体制和运行机制。

"七五"期间,我国劳动部门已对计划体制的改革进行了一系列试点探索工作,其改革内容包括以地区为单位实行职工人数与生产增长挂钩,实行"工效挂钩",调控企业工资总量与职工人数的增长,对经济特区与"三资"企业实行在国家宏观政策指导下自主编制计划、自主用人和自主分配,对广东、福建等综合改革省份实行指导性计划,将农林牧渔场职工"自然增长"的传统办法,改为按生产实际需要合理调控职工人数增长的办法等。

这些改革措施,既加强了计划宏观调控能力,又调动了地方、企业等方面的积极性，使用工用人更加合理。

这次会议在总结过去劳动计划改革经验的基础上，明确了"八五"及以后10年的劳动事业发展目标，探讨了深化劳动计划体制改革的基本思路。即将印发各地区、各部门的《劳动事业发展十年规划和"八五"计划纲要》，确定了以后10年的主要任务。

9月25日，在当天开幕的全国劳动制度改革工作会议上，时任劳动部副部长李沛瑶在讲话中说：

> 在巩固过去5年劳动制度改革成果的基础上，"八五"期间要进一步深化这项改革，其重点是进行全员劳动合同制试点，并逐步扩大范围。

李沛瑶说：在我国实行全员劳动合同制，不是一种偶然现象，也不是对国外用工制度的简单效法。它是我国有计划商品经济发展在劳动用工制度上的客观选择，是经济体制改革和企业经营机制转变的必然结果，是搞活国营企业的需要。

李沛瑶强调，劳动制度改革的方向是党中央、国务院确定的。我们应当坚定不移地坚持执行，无论在改革过程中遇到多大困难和挫折，无论外部客观环境和条件发生什么变化，都不能有丝毫的动摇。

当时，《人民日报》针对李沛瑶的讲话发表文章说：

近期劳动制度改革工作，一是继续完善现行劳动合同制；二是进行多种形式改革固定工制度的试点；三是抓好劳动制度的配套改革。

到1992年2月25日，《浙江日报》理论专栏发表陈自芳的文章《企业实行全员劳动合同制不会改变职工的主人翁地位》。文章说：

实行劳动合同制的基本宗旨，是在企业与职工之间建立明确的责、权、利关系。它不但不会改变，相反可以更规范地确立职工在企业中的主人翁地位。

作者认为，主人翁的地位包括三方面内涵：一是职工在企业里享受的权利，如就业权、收益权、福利享有权等；二是职工在企业里应负的责任，如共同承担企业的亏损风险等；三是职工在企业里的职能，如工人必须积极参加生产劳动，完成生产任务，随时提出合理化建议并参与对企业的民主管理等。三者密切结合为一个不可分割的整体。

在"铁饭碗"和"大锅饭"体制下，却往往出现责、权、利相分离的情况：一部分先进职工长期出色地履行职责，对个人的权利却每每推却；而一些职工往往将其应尽的职责置之一旁，却更多地利用"主人翁"的身份，尽可能地获得个人的收益和福利，并把永久就业权看作"主人翁"的天然权利。

陈自芳强调指出：

> 劳动合同制以法律的形式，将职工的责、权、利完整地体现在经济合同中，改变了三者分割的状况。

全员劳动合同制改革初见成效

1992年3月10日,正在推进全员劳动合同制的上海第三钢铁厂内,专为下岗职工设立的咨询接待站来访者寥寥。

虽然当时已经有470多人在上岗考核中离开了原岗位,但没有出现人们担心的波动。改革在理解、平和、热烈的气氛中进行。

改革劳动用工制度无疑要触动每个人的切身利益,但同时它又体现了多数人的长远利益和共同意志。因此,它应该也完全可能成为职工的自主行为。上钢三厂的领导从一开始就确立这样的观念,并把全心全意依靠全体职工的指导思想贯穿于改革的全过程。

一个重要问题是如何看待"上岗、下岗"。上钢三厂的领导认为,当前企业的劳动用工状况是历史形成的,除少数严重违纪的人以外,富余人员下岗并非本身的原因,而是企业优化劳动组织、形成动态劳动管理机制的需要。"上岗、下岗"最终要形成企业正常运转的常规,而"上岗靠竞争,收入靠贡献""上岗不轻松,下岗不泄气"才是一种健康的劳动心态。

要在长期沿用的固定工制度上打开缺口,第一步是很艰难的。为了让职工都有一种参与感和公平感,上钢三厂在职工代表大会反复讨论方案的基础上，采取自测和他测、打分和投票相结合的程序进行，力求科学和客观。所有职工都可以作出自我评价，表达个人意向，同时参与对班组、工段其他职工的测评打分。最后，由车间考评小组通过无记名投票，作出谁上岗谁下岗的裁决。

考评小组一般由7至9人组成，其中半数为职工代表。经过投票确定下岗的职工，由车间负责人逐一上门通知，做好思想工作。

按照转换机制的预定方案，上钢三厂全员劳动合同制第一步到位时，全厂将有2500名职工下岗或转岗。上钢三厂在所在地区政府的帮助下，积极开辟新的生产门路，有条不紊地疏解和安排下岗人员。

当时，拥有11个生产经营单位的"三钢冶金发展总公司"已初具规模，320多名下岗、转岗工人已在这里报名上班。

普遍实行全员劳动合同制，作为我国劳动用工制度的一项重大变革，引起了人们的广泛关注和议论。这项制度是否仅仅管工人？它会不会砸了职工的饭碗？对发挥职工积极性有什么促进作用？

有一家实行全员劳动合同制的企业，辞退了一个工人。工人不服气，告到劳动仲裁部门，结果，企业被判败诉。这件事说明，实行劳动合同制，工人并不是没处说理了，完全可以依据法律维护自己的合法利益。

在全员劳动合同制陆续在全国推广的时候，1992年

4月20日,《人民日报》发表题为《为什么要实行劳动合同制》的评论文章,对相关问题作出了阐述。

文章首先指出:

实行劳动合同制,使企业的用工管理从行政管理转向法制管理,其首要作用是用法律形式确定企业与职工的关系,明确双方的责、权、利和保护办法。这对企业领导人侵犯职工利益和职工损害企业利益的行为,同样起到制约作用,并不只是"管"工人的。

在当时,有人说,实行劳动合同制与工人的主人翁地位相对立。文章对此指出:

实际上,这种认识是不对的。我国工人阶级的主人翁地位是通过对生产资料的共同占有体现的,现在的劳动合同制没有改变这一根本点。换一角度讲,实行合同制,使工人的责、权、利更加看得见,摸得着,更加实际,职工和企业利益统一感加强了,主人翁意识也加强了。主人翁不吃"大锅饭",也是为了使按劳分配这一社会主义分配原则体现得更好。

"吃多吃少有人不怕,但没饭吃,人人都怕。"这话道出了劳动合同制与以往的激励机制最大的不同点。一段时间里，在实行物质激励时，多数企业是靠拉开收入档次（且主要体现在奖金上），由于受企业效益和奖励金额的限制，"干也多不了多少，不干也少不了多少"，这种激励的效力很有限。

文章指出：实行劳动合同制则不同，职工在享受权益的同时，首先要承担责任。不干、干不好，就可能被依法辞退，企业不再给饭吃。相对"干不干都有饭吃"的"铁饭碗"制度，它是有利于调动职工劳动积极性的。

实行劳动合同制是手段，而不是目的；实行劳动合同制是为了治懒，而不是治人。懒人毕竟是少数，甘愿为懒人的就更少了。通过就业制约，提高劳动生产率，提高企业经济效益，同时提高劳动者的敬业精神和劳动素质，这才是根本目的。

文章同时指出：值得一提的是，实行劳动合同制，是一项新事物，需要有一个逐步完善的过程。而且它只是企业转换经营机制中的一个组成部分。企业效益的提高取决于诸多因素，不能以为仅仅靠实行劳动合同制和增强职工在就业方面的危机感，企业就一定能兴旺发达。红花也需绿叶扶衬，推行一个好制度，也需各项改革相配套。不顾条件，孤军作战，难免引出"负效应"。

当时，为了进一步深化劳动制度改革，促进企业经营机制转换，各地和有关部门正在积极试行全员劳动合同制。这项改革工作涉及新老管理体制的转换，遇到了一些急需解决的问题，因此，根据各地和有关部门的意见，1992年9月12日，劳动部颁布了《关于试行全员劳动合同制有关问题处理意见的通知》。

《通知》指出：

企业试行全员劳动合同制，全体职工都应依照国家规定，在平等自愿、协商一致的基础上与企业签订劳动合同，确立与企业的劳动关系……

为了便于全体职工的统一管理，试行全员劳动合同制的企业与原招收的劳动合同制工人可以按试行全员劳动合同制的要求，经双方协商同意变更原劳动合同，或在双方协商同意的前提下，解除原劳动合同，再按试行全员劳动合同制的要求，重新签订劳动合同。

……试行全员劳动合同制的企业，按照国家规定接收统一分配的大、中专毕业生，城镇复员退伍军人和军队转业干部都应同其他职工一样，须签订劳动合同。

《关于试行全员劳动合同制有关问题处理意见的通知》的出台，对解决当时具有普遍意义的问题奠定了法律基础。

本书主要参考资料

《中国大决策纪实》黄也平主编 光明日报出版社

《中国改革开放史》程思远著 红旗出版社

《石破天惊》张湛彬著 中国经济出版社

《中国经济改革30年》王佳宁著 重庆大学出版社

《转折：亲历中国改革开放》吴思 李晨著 新华出版社

《中南海三代领导集体与共和国经济实录》王瑞璞主编 中国经济出版社

《若干重大决策与事件的回顾》薄一波著 中共中央党校出版社